柳宗理 随笔
エッセイ

[日] 柳宗理 著　金静和 译

新星出版社　NEW STAR PRESS

"YANAGI SORI ESSAY" by Sori Yanagi
Copyright © 2003 Yanagi Design Office
All Rights Reserved.
Original Japanese edition published in 2003 by Heibonsha Ltd. Publishers
This Simplified Chinese Language Edition is published by arrangement with Yanagi Design Office
through East West Culture & Media Co., Ltd., Tokyo Japan
Simplified Chinese edition copyrights: 2021 New Star Press Co., Ltd., Beijing China

图书在版编目（CIP）数据

柳宗理随笔 /（日）柳宗理著；金静和译 . —— 北京：新星出版社，2021.10
ISBN 978-7-5133-4611-5

Ⅰ . ①柳… Ⅱ . ①柳… ②金… Ⅲ . ①随笔－作品集－日本－现代 Ⅳ . ① I313.65

中国版本图书馆 CIP 数据核字（2021）第 156382 号

柳宗理随笔

[日]柳宗理 著　金静和 译

策划编辑：东　洋
责任编辑：李夷白
责任校对：刘　义
责任印制：李珊珊
装帧设计：渡　非

出版发行：新星出版社
出 版 人：马汝军
社　　址：北京市西城区车公庄大街丙3号楼　　100044
网　　址：www.newstarpress.com
电　　话：010-88310888
传　　真：010-65270449
法律顾问：北京市岳成律师事务所

读者服务：010-88310811　　service@newstarpress.com
邮购地址：北京市西城区车公庄大街丙 3 号楼　　100044

印　　刷：北京美图印务有限公司
开　　本：880mm×1280mm　　1/32
印　　张：8.75
字　　数：182千字
版　　次：2021年10月第一版　　2021年10月第一次印刷
书　　号：ISBN 978-7-5133-4611-5
定　　价：118.00元

版权专有，侵权必究；如有质量问题，请与印刷厂联系调换。

柳宗理 随笔

何谓设计

无名设计	2
所谓工业设计	7
工业设计的造型训练	9
传统与设计	13
对抗设计的同质化	17
打造守护美丽桥梁的风土环境	23
机械时代与装饰	27
对设计的思考	35

设计诞生的瞬间

设计师备忘录	48
拼木的包装	58
胶带台	60
塑胶与产品设计	64
关于现代餐具的设计	68
蝴蝶凳	74
横滨地铁中的设施设计	77
天桥与城市之美	81
高速公路的设计	85

新工艺·有生命的工艺

新工艺 96
有生命的工艺 125

日本之形·世界之貌

缠——纯粹而强烈的形状 156
谦逊、简朴又纯洁的形态——注连绳 163
花纹折纸 168
对糕点模具之美的思考 172
对泼釉的思考 176
拜见怀山面具 181
红瓦上的风狮爷 185
拉达克的工艺文化 189
尼泊尔之眼 195
不丹的建筑与庆典 198
意大利南部的特鲁洛民居 203

民艺与现代设计

宗悦的收藏　　　　　　　　　　210
河井宽次郎的"手"　　　　　　　216
滨田庄司的工作　　　　　　　　221
大幕尚未落下　　　　　　　　　225
精彩的苦斗生涯　　　　　　　　229
柳宗悦的民艺运动与今后的发展　237
贝里安小记　　　　　　　　　　246

柳工业设计研究会

柳工业设计研究会　　　　　　　254

柳宗理　年谱　　　　　　　　　258
初刊一览　　　　　　　　　　　266
刊载插图一览　　　　　　　　　268
凡例　　　　　　　　　　　　　270

True beauty is not made, it is born naturally.___Sori Yanagi

何谓设计

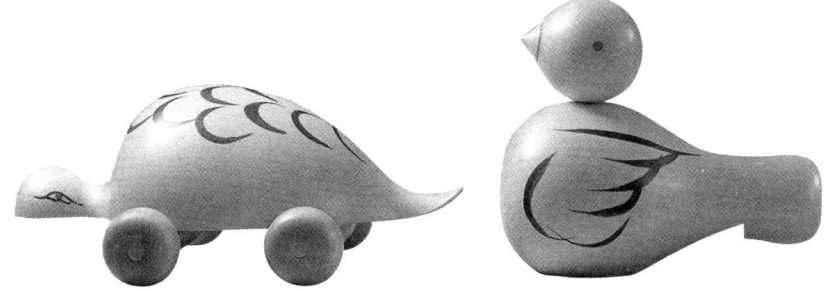

无名设计

在"设计"一词变得人尽皆知之后,大大小小的事物都要和设计沾上边,设计师也一时之间广受吹捧。然而不久便出现了相反的声音,认为有些设计可以排除设计师的影响,便产生了"无名设计"(anonymous design)一词。我第一次看到这个词,是在唐·沃拉斯(Donald A. Wallance)1956年的著作《美国的产品设计形态》(*Shaping America's Products*)中。那本书除了知名设计师的作品之外,还介绍了牛仔裤、化学实验容器、厨房用品等多种无名设计。相关书籍还有知名设计评论家鲁道夫斯基(Bernard Rudofsky)在1964年出版的《没有建筑师的建筑》(*Architecture Without Architects*)。这本书介绍了从世界各地不同的自然环境里诞生的极富特色的原始住宅建筑,通过这些美好的无名建筑,给丑恶的现代建筑敲响了一记警钟,获得了诸多好评。

在最早步入现代化的美国,随着经济发展,产品开始过剩,进入了浪费的时代。在激烈的商品竞争中,商家必然会为了在竞争中胜出而不择手段,也使设计师被卷入其中。换句话说,设计变得一味向商业看齐。当然,也有少数像伊姆斯[1]这样真诚的优秀设计师勉强保住了设计界的名誉,然而大多数设计师为了勾起人们的购物欲,都热衷于刺激性的设计,或为了加速商品周转而一味追寻瞬息万变的流行设计,这类设计被称为"冲动设计(impulse design)"。就是因为这种主张过强的炫耀式"冲动设计"泛滥,才使人们变得疲惫不堪,眼神虚无。而"什么都不是"的设计,也就是"无名设计",便在此时登场。

"anonymous"一词在词典里是"无名"的意思,也就是没有设计师介入其中。说到无名,过去纯粹的民间工艺便是无名的作品,创造的目的是供不同地区的人们使用,而且是由无名工匠制作而成,并不是艺术家和设计师创造出的特别的作品。与今天的炫耀式设计相比,那些忠实地依照不同地区人们的生活用途打造而成的无名作品,有一种健康稳重的美。实际上,在这些作品中蕴含着人性温暖的本质,其魅力足以吸引已经双眼浑浊、身心疲惫的人们的目光。然而过去的民间工艺主要以手工制作为主,在当今的机械时代,想要依照原本的模式支撑人们的生活是很困难的。在如今由机器制造的生活用品中,是否还存在排除了设计师影响的物品呢?虽然为数甚少,但下面就让我举两三个例子,来说明无名设计的本质和优点吧。

1. 牛仔裤。牛仔裤已问世约一百五十年。在不断变化的时尚风潮中,如此长寿的服装非常罕见。据说牛仔裤最初是矿工在劳动时穿的工服,由于矿工的工作强度很大,所以工服必须要结实耐用,在这点上丹宁布的质地再合适不过。丹宁布原本有茶色、灰色和蓝色三种颜色,其中蓝色最易染色又不易褪色,所以最初在美国生产的便是现在最为常见的蓝色牛仔裤。矿工需要把矿石和工具等放进口袋,但口袋底部很容易开线,于是便想出了用铜质铆钉加固口袋,使其更结实的方法。然而坐下时,铆钉会硌疼臀部,再加上阳光的长期照射会使铆钉发烫,令人很头疼。最终人们通过把铆钉缝进布料中解决了这个问题。其他还有一些随着时间推移被逐渐改良的地方，但由于牛仔裤原本就是劳动工服，功能是承受剧烈的劳动，所以大体上没有什么变化，在今日仍保持健康的生命力。

2. 棒球。对于参加竞技的人们来说，棒球是为了投球、接球、打球而存在的物品，使用起来必须最为舒适顺手，还要有适度的弹性，具备即使稍微被粗暴对待，也不会有任何改变的坚固度。换句话说，由于选手会把全部精神集中在球上，所以这颗球也必须能回应选手，具备十分健全的形态。球的表面是染成白色的鞣制牛皮，上面用红色麻绳缝合了两张葫芦形的皮衣。这处缝线十分重要，是实现曲线球、直线球等不同球路的关键。以用途为基础的这条红色缝线，画出的高次曲线是多么的优美！这正是所谓的"用即美"。可以说，棒球中蕴含着审美意识再高的设计师都无法触及的庄严之美。

3. 冰镐。冰镐对攀岩或攀登冰壁的登山者来说是十分重要的工具。冰镐细长的镐柄上端是用来凿洞的镐尖（尖部）和用来挖出立脚处的铲头（平部），两者维持着绝妙的平衡，形成了冰镐的主体造型。登山者会用手掌牢牢握住镐尖和铲头的根部，将附着在冰镐镐柄下部前端的铁制柄尖插在地上用作手杖。由于冰镐的使用顺手程度直接关系到攀登者的性命，所以在设计上省去了一切无用的部分，不断改良到刚好满足使用功能的形状，没有任何可供设计师的审美意识介入的余地，最后反而形成了庄严的形态，可以说是无名设计的典型案例。这种以保障人类的生命安全为出发点设计的物品，拥有那些为了赚钱而制造出的物品所无法比拟的美丽姿态。

最近，无名设计的产品开始在百货店等地的"无品牌商品专柜"出现，在年轻人中大受欢迎。或许是因为年轻人已对泛滥成灾的设计感到厌倦，反而从无名设计中得到了心灵的安慰。或许无名设计正是这被浊流席卷的现代文化中的一剂清凉剂。

（1988）

（1）查尔斯·伊姆斯（Charles Eames, 1907—1978）与蕾·伊姆斯（Ray Eames, 1912—1988），美国设计师，设计领域涉及家具、住宅、玩具等，致力于开发新材料、运用新技术生产低造价高质量的日用品，引领现代风潮。其代表性的设计作品包括DCW（木质餐椅）、伊姆斯躺椅、儿童椅和伊姆斯住宅等，《华盛顿邮报》称他们二人改变了"20世纪坐的方式"。（译注，下同）

所谓工业设计

虽然相比之下有些晚,但在这两三年,日本也突然开始重视起工业设计的必要性,特别是每日新闻社从去年开始举办的工业设计展览会和在秋季召开的工业设计大赛,都对推动业界产生了重大的影响。不知道是不是因为集结了来自最先进制造商的产品,今年的展览会比去年的水平高了许多。然而这些产品乍看之下很时髦,仔细一看便会发现,在很多地方仍然是模仿外国产品,缺乏创造性,令人遗憾。比起徒有外观,工业设计的真正意义其实在于创造本身,这点希望大家特别注意。日本的制造商本来就十分善于模仿,习惯制造"低价劣质产品",很少理解在创造上注入精力的价值。

Peace 烟草公司的赞助商曾因向雷蒙德·罗维[1] 支付了150万日元的设计费而遭到了世间极大的非议,被质疑"怎么会做出如此浪费又愚蠢的行为"。然而这一设计的效果显而易见,Peace 烟草的销售量立刻翻了倍,而之后的香烟包装也再没出现过能够超越此设计的作品,虽然很遗憾,但这的确是事实。雷蒙德在 Peace 烟草的设计上花费了近半年的时间,当然还包括众多员工的协助,所以总天数足有一年多。和他相比,那些用两三个小时随便设计个图案就要收取数万日元的日本知名设计师的报价才更高。

工业设计需要进行缜密的调查,包括市场调查、材料调查、生产技术调查等,并且在多数情况下需要特殊技术人员的协助(据说在罗维的事务所里有各个领域的近百名特殊技术者)。

此外，工业设计通常还需要制作许多模型和试验作品来研究和考量。据说 Peace 当时收到了九种烟盒设计，里面还装有银纸包装的烟草，和实物一模一样。想来在那之前，雷蒙德至少尝试制作了数十种试验模型。

前些日子曾有一家大型电器制造公司委托我设计台灯，让我一周内画出十张设计图，真是开玩笑，我自然予以回绝，表示自己并不是画图的。一般人对于工业设计的认知依然还在这个阶段。工业设计并不只是画图，工业设计本来的使命，是尽量运用哪怕比之前先进一点的科学技术，来创作出比现在更加优秀、方便，令人用起来更舒适的机械制品。

我们在创造产品时，有必要以更加认真严肃的态度去对待。如若不然，日本的产品无论何时都无法摆脱"擅于模仿的劣质产品"这种污名。

（1953）

（1）雷蒙德·罗维（Raymond Loewy，1893—1986），20世纪著名工业设计师，设计行业的先锋者，其设计作品包括壳牌石油标识、斯图贝克汽车、灰狗巴士、蒸汽机车的流线型外观、空军一号的涂装、可乐瓶等。

工业设计的造型训练

我曾经和一家制造电动留声机、收音机的工厂打交道。他们产品的外观装饰给人的感觉十分繁杂、沉重和阴暗（绝大多数厂商都有这个问题，所以我已不再惊讶）。可能是因为在过去的观念中，播放贝多芬、舒伯特的电动留声机必须是古典式或洛可可式的。于是我拿出了外国杂志（这是取得对方信任的手段之一），向对方再三解释世上的设计已经转向简洁明快（单纯）的趋势，所以必须去掉这些沉重的装饰，尽量采取简单的设计。正好那里有一名年轻热情的设计师刚从工艺学校毕业不久，想来之前一直被上层的人伤透了心，趁着我来的机会，便一门心思地设计没有装饰的极简外观，仿佛想要证明"看，我说的没错吧？"。然而看到他的作品，那简单的设计却显得十分枯燥，仿佛冰冷的木石，又像是在别人的指导下制作出的标准家具，少了几分味道。这样一来，产品不但没有变得简洁，反而还不如之前那种沉重的设计。当然，他十分热心，工业设计的基本要素——功能、技术、材料、成本、量产，这些常识他也非常清楚，没有什么疏忽。然而对于设计师而言，能设计出好产品的关键还是对造型的感觉。

我这样说，想必会引起日本新一代工业设计师们的抗议："工业设计不仅要追求形状、装饰、图案等外观上的东西，说到底，还需要运用先进的科学技术。"实际上确实如此。然而需要注意的是，当年的柯布西耶[1]提出了"住宅是供人居住的机器"的主张，却被后来的年轻建筑家们误解，将一切造

型感觉省略，最终走向了冰冷的理性主义（rationalism）。我的意思是，我们必须注意，在柯布西耶的这句话中，"居住"的人类既是生理性动物，也是心理性动物。这一点对于工业设计的产品也是一样，产品的使用者是同为生理性及心理性动物的人类。如果对于工业产品来说，只有功能、材料、量产、成本等要素才是必要的，那就变成了工学设计，是顾问工程师的工作。工业设计师的最大使命是把这些要素组织在一起，使其更加美观，以适应人类的生活。包豪斯学校的使命是培养具备工程知识且拥有新的审美感觉的艺术家。而与其他建筑家相比，柯布西耶之所以能拥有超群的造型感，想必也是因为他不断用绘画来训练审美。

为了培养优秀的感受力，莫非需要设计师去画石膏速写或人体速写？不，那已经是过去学院派的陈腐方法，对于创造现代的美非但没有任何帮助，反而有害。包豪斯学校及之后的包豪斯大学采用了全新的造型训练方法，这一系统方法在不同的场所和时代有些许不同，但总的来说，为了培养新时代的造型设计审美，大致需要进行以下的训练：

· 自动性（Automatisme）实验：对把握美的本源的尝试
· 构成（Composition）：对构成的研究，平面·立体与色彩
· 形式（Forme）：对形态的研究
· 规模（Volume）：对量的研究
· 空间（Space）：对空间的研究
· 物体（Object）：对物体的研究

- 材料（Material）：对材料的研究
- 蒙太奇（Montage）：对蒙太奇的研究

　　日本的工业设计师大多是美术学校或工业学校出身，几乎没有人进行过这种新型审美训练，自然也无法成为优秀的设计师。由此看来，日本应该尽早建立包豪斯式的学校，培养真正的工业设计师。

　　总而言之，对于工业设计师来说，最关键的一点便在于是否拥有现代的造型感觉。从纯艺术的角度来看，如果不具备抽象美术和超现实主义之后的审美，就绝对无法成为好的设计师。

（1950）

（1）勒·柯布西耶（Le Corbusier，1887—1965），瑞士-法国建筑师、设计师、画家、雕塑家和作家，20世纪最重要的建筑师与城市规划师，被视作"功能主义之父"和现代建筑的先驱。

传统与设计

每年都有外国的知名建筑家和设计师到访日本,对日本的传统文化赞不绝口。从西欧国家的角度来看,日本是与他们距离最远的地区,在这片土地上长期培养出的对人性的追求方式与他们完全不同,他们吃惊不已,为这从未见过的精练独特的日本文化而赞叹。然而令人遗憾的是,对于日本的设计师及建筑家在现代创造的新作品,除了极少的一部分之外,他们基本没什么兴趣。这是因为那些作品与他们的作品没什么不同,不对,准确来说是与他们的作品过于相似。

在当今这个机械时代,由于创造作品的媒介是科学技术,所以设计师的作品自然会带有国际化的性格。从地域性的观点来看也是一样,随着世界逐渐融为一体,设计师的作品确实会体现出全球化的一面。所以在现代,如果还要鼓吹本国特有的文化,或许是落后于时代的举动。

从外国来访的建筑家在看到日本的新建筑时,经常会评价"too much Corbusier"(太过"柯布西耶风")。大片的裸露混凝土、上翘的屋顶、仿佛把海螺前端斜切得出的形状,等等。的确,柯布西耶对日本建筑影响巨大。在日本,最早汲取柯布西耶式外观特征的建筑物或许还曾因为罕见而获得过好评,但在去外国看过柯布西耶原作的人们眼里,恐怕只会怀疑"又是模仿?"。更不用说在外国专家眼里,想必只会被看作柯布西耶的效仿者(二流)的作品。

柯布西耶的思想之伟大在于他对太阳之下的世界、城市与

建筑物的构想,他的思想的确宏大到与宇宙原理相连。而柯布西耶在造型上的特性则是他那富有艺术性的个性的展现,除了他本人之外无人能够再现。且不必说,他的个性来源于欧洲大陆,与地中海文化相联系,并继承了拉丁的血脉。然而在这风土地貌和生活习惯都与欧洲完全不同的日本,居然会出现柯布西耶的建筑样式,这实在是很奇怪的现象。从柯布西耶身上,我们应该汲取的不是他的作品外观,而是他对世界构成原理进行构想的精神,而且要在此基础上创造出属于现代日本的建筑样式。

不知是否出于对西化的自我批判,在有心的日本建筑家中,"传统"曾经一度成为热门话题。确实,日本自古以来的木制建筑注重与自然融合的空间,会对注重开放空间的现代建筑有很多启发。然而奇妙的是,传统论的盛行,距离外国建筑家开始关注日本建筑的时期已经过了很久。当今的日本建筑需要比外国建筑更加具有日本风格,此话的确不假,然而如果对此意识过度,便有陷入日式趣味(japonica)的危险,仅会创造出令人感到不快的不自然的形态。如果直接用机械时代的科学技术表现手工业时代的手工艺品的形态,就算再怎么统一融合,总会显得不自然,反而失去了现代的感觉。例如"校仓造"这种建筑式样的形状是来源于木材本身[1],若用钢筋水泥来表现那种形状,本身就是很不自然的事,不是吗?抛开建筑不说,如果这种日式趣味出现在家具、照明器具和其他用具上,那种感觉便会更加强烈,甚至会产生像土特产一般怪异的物品。

而说到电器等工业制品,如今的流行已经堕落到追求闪亮奢华的低俗商业主义,陷入了连究竟是西化还是日式都无从谈起的混乱。

这种追求闪亮奢华外观的趋势大多体现在只顾销售和眼前利益的商品上，其品质通常都非常低劣，与外观呈反比。至于汽车行业，不知是否因为已被卷入国际市场竞争的缘故，在工程上有了很大的进步，对于闪亮外观的喜好也减淡了不少。然而，日本车的特色可以说就是把美产车、意产车、德产车等各种车型的一部分组合在了一起，拥有无国籍的特性。而且，就连日本车之间也会互相模仿，根本分不出是哪家公司制造的车。最终只能从造型上来分辨，那些尺寸较小的卖弄小聪明的车，就是日本车。

　　在机械时代的今天，到底什么才是好的设计？虽然有各种各样的意见，但从根本上大家应该都会同意以下几个条件：①功能（使用舒适度）优秀；②运用优秀的现代技术（technology）；③恰当地利用优秀的材料；④适合大量生产；⑤经济性，也就是避免浪费的合理性，等等。

　　设计师的工作可以说就是把以上的要素组织在一起进行表现。当然，还需要设计师拥有优秀的造型审美感觉，以及创造性的头脑。好的设计产品之所以一定会畅销，不，应该说是不得不畅销，难道就不是因为确实具备了以上这五个要素吗？设计师不需刻意强调日式风格。在日本的土地上，日本人为了日本民众，遵循日本的社会条件，忠实地遵守以上几个要素进行设计，创造出来的作品自然会有日本风格。这才是日本传统的优秀传承者。

（1967）

（1）"校仓造"是用方木水平垒砌成墙壁，交叠构成墙角的日本传统建筑方法，当时称方木为"校木"，校木做成的仓库即"校仓"，校仓造由此得名。奈良东大寺正仓院正仓即这种建筑结构。

对抗设计的同质化

我对最近的车展逐渐失去了兴趣。到处都是献媚一般的同质化设计，只让人感到焦躁。不仅是日本，这种现象在全世界的汽车设计上都不罕见。十年前的车展还不是这样，那时各国还都保留了自己的风格，能分得出哪台是德国车，哪台是意大利车，非常有趣。

我认为设计的特性就是表现其诞生的环境，也就是背景。例如斯堪的纳维亚的稳重古朴的家具，是只有在斯堪的纳维亚的环境中才能诞生的。而在汉斯·瓦格纳[1]、雅各布森[2]等不同设计师的家具中，自然又会呈现出各自不同的风格。

然而他们的个性都包含在斯堪的纳维亚这一大环境的特性之中。再仔细观察，在斯堪的纳维亚半岛中，芬兰、挪威、瑞典、丹麦等国家也都有其各自的风格。在当地长期居住一段时间便会明白，就像在斯堪的纳维亚半岛中各国人的骨相有所不同一样，各国的设计也有不同的特性。换句话说，产品设计的特性就是产生该产品需求的背景的特性。而所谓的背景，从广义来说是使产品诞生的环境，直接来说就是在该环境下形成的社会。设计师的特质也是对背景社会的一种表现。这里的环境当然包括了风土、气候、人种、文化、技术等全部因素。

人们经常说我的设计很有日本风格，而我自己当然从未刻意想做日本风格的设计。作为一个日本人，只要在日本的土地上发自内心地为日本社会进行设计，其结果自然会变成日本风格。我曾经受邀在德国的设计学校担任工业设计的教师，执教一年。那时德国的某家一流家具公司委托我设计椅子，然而要我这个身在异国的日本人为那里的居民进行设计，而且还是在如此短暂的驻留期间，我认为这样实在无法做出负责任的设计，便拒绝了对方的委托。

在家具领域，由于家具与该土地上传统的居住方式紧密联系在一起，所以各国生产的家具还很大程度地保留着该国的特色，十分有趣。然而对于汽车来说，各国的设计特性已经基本无法辨识。这也许是因为汽车不会停留在一个地方，是四处移动的工具，所以很容易超越国境。再加上放眼全球，拥有掌握汽车生产技术的大型工厂的国家并不多。而在自由主义国家，随着资本趋于国际化，汽车工厂的生产形态也逐渐被世界少数的资本家，特别是来自美国的资本侵略。例如被GM（通用汽车公司）完全合并的德国欧宝，如今已经完全没有德国车的形态，彻底变成了美式的设计。如此看来，汽车设计确实正在急速地转向国际化的风格。当然不仅限于汽车，所有机械生产的产品都在逐渐转为国际化的风格。换句话说，汽车设计的背景单位已经从国家扩大到了全世界。设计正从各国的风格走向国际化风格，这是自然而然的趋势，其本身也可以说是正当的。然而至于国际化是否在以正当的形态发展，却令人质疑。

虽然说是设计的国际化，然而主要却是美国的资本在全世界膨胀，不断加快扩张的速度，这是无可置疑的事实。所以设计的国际化趋势带有非常强烈的美式风格。用一句话来总结，就是由庞大的资本产生的美国商业设计征服了世界。

今天所谓的工业设计的发展源头自然是美国，由于机器的量产超过了需求，变成生产过剩，必然会使生产同种产品的企业之间产生激烈的竞争。为了唤起人们对商品的购买欲，设计师也被卷入竞争之中。当然，如果是为了改良商品质量，设计师想必能贡献许多力量。然而问题就在于商品内部的改善工作被交给了工程师，而设计师只被利用来改善商品的外观。所谓的改善外观，指的是生产者强行要求设计师做出能够刺激人们购买欲的外包装设计。这样一来，设计师便不得不趋向于容易吸引消费者目光的富有刺激性的闪亮设计。这就是"冲动设计"（impulse design）的开始。越是品质低下的商品，外表就越花哨艳俗。这与暗夜里的女人浓妆艳抹的谄媚妆容很像。日本从发展中国家以惊人的成长速度跻身于发达国家之列，这种趋势尤为严重。无论是汽车、电器、家庭用品……都有太强烈的美国商业设计风格。举例来说，所有品牌的汽车车尾都是可乐瓶形（可口可乐瓶底的形状），即使还没有完全被美国资本合并，设计本身已经率先被美国化了。这种趋势自然不只出现在汽车上。所有商品想要生存下去，都必须超出国内的需求，向国外输出，而且几乎都是向美国输出，这是商品的宿命。这种趋势当然不只在日本出现，欧洲各国的商品也在逐渐地被美国化，向着那廉价的商业主义迈进！

  上述这些商业主义式的设计倾向于只把重点放在商品销售上，出现的缺点便是连使用者的需求都被牺牲了。这种设计大多都具有欺瞒性，商品设计超出了商品本身的价值，这一缺点很难被立刻看出。就像有缺陷的汽车，或是电视的双重定价[3]一样，外行很难辨认。举例来说，曾经有一段时间流行在汽车上安装很多盏灯——最多时前后共有22盏。乍看之下当然很豪华，但从功能性来看，根本不需要这么多盏灯，而且最重要的是会增加许多成本。他们有没有想过,如果能去除保险杠、镀铬轮罩、豪华的散热器格栅、仪表板装饰和其他不必要的装饰,能减少多少成本呢?还有那些设计成像佛坛一样金光闪闪的电视,在功能性上根本没有任何意义,完全只是碍眼。如果把这些装饰去除,既能减少成本,也能使品质不再具有欺瞒性,变得更加可靠。还有电冰箱上的琐碎装饰,只会令内部的容量变小,这点难道没有人发现吗?(同样尺寸的欧美产品能容纳更多物品。)

"冲动设计"的目的是贩卖更多商品。在这种趋势下,比起物品本身,设计师更注重表面的装饰。这样一来,非但不用掌握工程方面的知识,艺术上的良心反倒还成了阻碍。那些为了销售商品不择手段的利己主义的制造商,把接受委托要求的设计师的道德水平也一并拉低。而设计师本身也开始走向利己主义,为了自己的利益,他们甚至开始欺骗客户——制造商。设计师先搜集情报,装模作样地发表一番市场调查的结果,对客户进行恐吓,再随便画几张用来发表的设计图(他们所谓的设计仅仅就是这些设计图)来迷惑客户。而这种省事的方法不仅能拿到工作(设计师的竞争十分激烈),也能从客户那里榨取金钱,是最有效也是最迅速的手段,这已经成为设计师中的常识。在这一过程中,自然没有对生产性的问题和用户的使用方法进行讨论,甚至连产品能否畅销的问题都没有提及,完成的设计离题甚远。也就是说,设计师把重点放在了如何抓住客户(制造商)的心上。前几天发生了一件事。一家日本建筑机械公司与在美国排名靠前的建筑机械公司实现了资本合作,开始生产贩卖到美国的农耕拖拉机。

日方收到了美国设计师寄来的设计草图，图纸乍看之下很美，然而只是极为简略的图样，无法制订生产和技术规划，于是日方要求对方添加细节，后来对方虽然发来了设计细节，但仍然只是在最初的草图上补充了一些，自然也没有进行任何技术和生产上的讨论，令负责设计的技术人员感到非常头疼，跑来问我该怎么办。虽然是个荒唐的案例，但想来这名设计师就是凭借最初那张发表用的设计图，从客户那里得到了这份工作。如果勉强按照这个设计做出成品，不难想象将会给用户带来多大的麻烦！还有一件在大约五年前发生的事。在阿斯彭的国际设计会议上，曾经有人把今日的工业设计评价为"娼妓"，认为工业设计已经沦落成下九流，他指的想必就是画出农耕拖拉机草图的那种设计师。

有人把现今的美国文化称为油漆文化或罐头文化[4]。美国的商品总体上给人一种肤浅和装腔作势的印象，如今又加上几分迷幻风格的错乱，这也反映出了美国这一社会背景的性格。越南战争、泛滥的暗杀与犯罪、不景气的经济、LSD与大麻、环境污染、金钱政治、种族歧视、精神焦虑的影响体现其中。然而这种现象不仅出现在美国，因为美国的不景气影响了整个世界。如今，日本商品的设计背景也会受到美国这一背景左右。为了让日本商品设计恢复健全，也许需要先让美国这一背景恢复到正常的状态。然而我们必须关注的一点是，就连被商业主义笼罩的美国，也仍有IBM和赫曼米勒[5]等保持着健全进步的设计自尊心的优秀企业。从历史的角度来看，这些仅存的保持优秀设计的商品足以挽回20世纪美国文化的名誉。然而在日本，可以说还没有这种企业。这样看来，从设计的背景来看，比起日本，美国的情况还算好些。

　　日本的设计师泛滥成灾，设计学校的数量恐怕也是世界第一，而学校中的工业设计学科考虑到学生毕业后的就业问题，把教学重点放在了用来发表的设计图上。那些从学校毕业之后进入公司，或是成为自由设计师的人，自然也都从早到晚醉心于画设计图。有心的学生们啊，你们为什么会对这件事完全没有疑问呢？最近平面设计领域经常出现反抗运动，并最终导致了日本宣传美术会[6]的解散。但奇怪的是，工业设计学科却完全没有出现任何反抗运动。也许是因为工业设计与商业主义的现实社会连接得过于紧密，再加上这一职业已经堕落成了冷酷的利己主义。然而工业设计这一领域才更需要有人挺身而出对抗这种腐败现象，并与那种商业主义式的"冲动设计"和一味为了赚钱的娼妓式设计方法勇敢地做斗争。只有这样，才能实现对人类真正有贡献的设计。

（1970）

（1）汉斯·瓦格纳（Hans Wegner, 1914—2007），丹麦著名家具设计师。
（2）阿诺·雅各布森（Arne Jacobsen, 1902—1971），丹麦著名建筑师，工业产品与家具设计大师。
（3）将折扣后的售价与商品定价并列标出，以刺激消费者购买欲。其中可能存在商家虚假报价或其他不正当竞争的操作。
（4）指表面的（油漆）或量产式（罐头）的文化，类似快餐文化。
（5）赫曼米勒（Herman Miller），创立于1905年的美国知名家具生产商，总部位于密歇根州，与乔治·尼尔森、野口勇、伊姆斯夫妇等众多设计师都有合作，代表产品包括Aeron椅、野口勇设计的茶几（Noguchi Table）、棉花糖沙发（Marshmallow Sofa）、伊姆斯躺椅（Eames Lounge Chair）等。
（6）简称日宣美或JAAC，日本战后第一个全国性设计团体，1951年6月成立于东京。依托于每年在日本各城市举办的、主要展示公开招募的海报设计的"日宣美展"，诸多平面设计人才从中脱颖而出。受20世纪60年代文化运动风潮影响，1969年成立的"美术共斗会议"以解体美术权力机构、反抗公募展览为斗争目标，"美共斗"成员闯入当年日宣美展览评审会场，促使日宣美暂停活动并于1970年宣布解散。

打造守护美丽桥梁的风土环境

　　二十多年前，我曾被生产性本部派去考察工业设计，那是我第一次去美国。那次最令我深受感动的，便是巨大的桥梁和高速公路的美。

　　为了承重和承受风压，长跨度大桥集当时的土木技术之大成，用钢索吊起的桥梁，丝毫不受当时的流行和装饰的影响，纯粹地表现出功能之美。

　　此后我多次去欧美旅行，见到桥梁和道路的机会随之增多，更令我意识到日本道路桥、人行天桥、跨河大桥的丑陋。

　　为了回应批评的声音，道路公团成立了针对高速公路的景观委员会。我作为委员之一，也试图为景观的改善尽微薄之力，然而遗憾的是，无论相关人士还是普通市民，都没有充分理解桥梁之美会对城市和自然景观起到多么重要的作用。

　　在我国最大的长跨度大桥"本州四国长距大桥"进入规划阶段时，景观委员会碰巧也在讨论该如何设计这条联络道路。在那时，对于长跨度大桥本身的设计，大多数人的意见是只要忠实依照结构计算的结果来设计，自然会形成美丽的外形，所以交给结构工程师就好。虽然我对此意见表示了坚决反对，但大部分人仍然认为这种单纯的理论能行得通。

　　对于什么是美，大家自然都有自己的想法。然而，为什么人们会认为某些结构很美，又为什么会对某些结构产生厌恶之情，想必确实存在某种美的法则。

　　的确，为了维持桥梁的强度和打造安全的结构，计算技术对于创造结构之美非常重要,然而这终究只是必要条件,而非充分条件。现在的结构计算通常只是为了检查设计成品是否安全,只要安全,就不再深入探讨。即使结构工程师纯粹地推进了桥梁设计的科学性,也不一定就能成就美丽的桥梁,可能会有很多不必要的结构,使桥梁与美丽无缘。即使在某个安全标准基础上实现了设计的极限,只要缺乏新的创意,便不过是"最经济的解决方案"。在预算吃紧的情况下,甚至会陷入在质量上让步,制造出"廉价劣质品"的危险。

一座既美丽又安全便利的桥梁,其结构设计必须兼具审美和创意。如果不满足这一充分条件,便会产生大量的必要之恶。

若把东京塔与建于1881年的巴黎埃菲尔铁塔相比,明明结构的计算技术已经进步了很多,前者却无法令人感到丝毫的新鲜感和美感。关门大桥也是一样,乍看之下比例很美,却无法给人带来感动,不过是把美国已有的吊桥结构照搬过来而已。总而言之,在设计的审美和创意上,日本的桥梁在世界上相对逊色。

刚好在今年4月,我有幸在德国斯图加特访问世界知名桥梁设计师莱昂哈特博士[1],聆听他的意见。他是斜拉桥(以斜拉的吊索吊起桥面的简洁结构)的创造者,同时也设计了许多富有独创性和美感的高速公路桥和人行天桥。在他主张的独特的"桥梁美学"中,设计美丽的桥梁时不可或缺的因素包括由结构材料的线条方向产生的秩序感、长度与高度的比例、桥梁厚度给人的印象、结构的简洁明快、工艺的简单与经济性、新技术的妥善运用,等等。他还指出了设计者的创意与直观审美能力的重要性,对此我深有共鸣。

何谓设计 25

后来当我听说在德国，桥梁的设计基本都要经过竞赛评选时，我感到自己触到了这片土地的美丽景观的秘密。在德国这个国家，偶尔会在全世界范围招募设计师和工程师参加设计竞赛，结合委托人的预算和规模等极为严格的条件展开激烈角逐。据说莱昂哈特也是在这竞争严酷的环境之下，才创造出用更少材料实现更大效果的斜拉桥。只有同时具备崭新创意和设计审美的设计，才能在竞赛中胜出。

就我看到的本州四国长距大桥的构想图而言，它虽然运用了多种不同类型的结构，但却令人感觉不到贯穿始终的统一规划性。

濑户内海是最令我们骄傲的自然景观。难道没有人觉得，哪怕是为了守护这片景观，我们也应该在全世界范围内募集方案，重新进行规划设计吗？至今为止，在日本几乎从未举行过这种桥梁设计竞赛，大多都是以竞价的方式决定。谁能断言这不是引来权益争夺战和恶性降价竞争，并使桥梁设计毫无看点的原因之一呢？

举办国际竞赛，不仅能使在日本尚未崭露头角的年轻优秀设计师得到机会，还能使日本的桥梁达到世界级的水准。希望将来能够确实证明，在地震和台风等自然条件限制下，日本也能发展出独特的桥梁美学。

（1976）

（1）弗里茨·莱昂哈特（Fritz Leonhardt, 1909—1999），德国结构工程师，斯图加特工程咨询公司 Leonhardt, Andrä und Partner（LAP）的创办人，为20世纪桥梁工程做出了重要贡献。1958—1974年曾于斯图加特大学任教钢筋混凝土设计和预应力混凝土两门课程。建筑作品包括科隆罗登基兴桥、美国帕斯科-肯纳威克桥、斯图加特电视塔等。著有《桥梁：美学与设计》（Brücken. Ästhetik und Gestaltung）。

机械时代与装饰

谈到装饰，在我的青春岁月，最令我感动的书籍要数柯布西耶的著作《今日的装饰艺术》(*L'Art décoratif d'aujourd'hui*)。书里写着"机器会摒弃所有赘余，自然也会蔑视装饰性的各种要素"。也就是说，柯布西耶主张"没有装饰才是真的装饰"。这是在进入机械时代后不久，刚刚领略到机器之美的年轻的柯布西耶写下的感慨。在那之后，当得知柯布西耶在现代建筑家中最尊敬高迪时，我感到似乎有点矛盾，可能他的心境后来也出现了细微的变化。毕竟他原本也在造型上有极强造诣，也许高迪那强烈的装饰艺术对他来说具有例外的吸引力。

前一阵子，我在一本数学书上看到了关于高迪在建筑结构上使用的悬链曲线的如下记载：

"西班牙的知名建筑家高迪（1852—1926）设计圣家族大教堂时，在支撑高耸天花板的柱子与墙壁上使用了悬链曲线。为了做实验，他把自己工作室一楼和二楼的天花板都打通，再依照建筑规划，将几根铁链的两端悬挂在三楼的天花板上，在垂吊的铁链上每隔一段距离加装秤锤，营造出悬链曲线。再在正下方的地板上放一面镜子反射，便能清楚地浮现出教堂完成后的全景俯瞰图。作为一名建筑家，高迪对于这一结构有天才般的构想，同时他也是一名具有稀世审美品位的艺术家。在建筑的立柱和墙壁上，他加上了天马行空的雕塑，使悬链曲线隐没在造型之中，隐藏在内部，不显露于表面。

与手工业时代的高迪相比，在如今这个机械时代，正如柯布西耶所说，建筑的结构本身直接呈现于表面，结构本身的形态成为建筑的基本，这是现在的王道。因此在设计时，尽量发挥结构本身之美的设计便成了正确的发展方向。不用说，上面最好不要有任何装饰性的附属物。"

通往广岛核爆纪念馆的桥的栏杆是野口勇创作的雕塑作品[1]。这显然不能说是一座现代化的新式桥梁。如果是以最合理的结构为目标建造的桥梁，加上了这一栏杆，在结构计算上总会出现不合理的地方，或者会变得很奇怪，仿佛上面附上了什么异物。也就是说，在每一根线条都极尽计算，呈现出美丽弧线的桥上，自然不会有什么装饰的余地。非要说装饰，也就只有色彩，然而也必须选择适当的色彩，才能达到使结构本身的形态显得更美丽修长的效果。所以，在这种桥上添加色彩或图案都会彻底破坏桥梁的美感，变成完全不同的感觉。话说回来，即便现代的桥梁必须经过严格的结构计算，仅靠结构工程师也不见得能打造出具有结构之美的桥梁，还必须倚仗兼具创造性和好品位的设计师。

在东京塔建成时，设计师曾放出豪言：由于东京塔比八十年前的埃菲尔铁塔更高，计算技术也比当时更先进，所以是一座没有赘余、更加精美的塔。然而和埃菲尔铁塔相比，东京塔实在太过丑陋。刚好在同一时期，德国的桥梁设计师莱昂哈特在斯图加特打造出了一座具有革新意义的精美电视塔。

与桥梁和高塔相比，一般的建筑需要附带各种功能，所以很难追求简洁又具有革新意义的结构。当代建筑强调合乎目的，重视建筑的功能性，自然形成了纯粹的摒除赘余的倾向，十分简洁明快。材料也陆续采用铁、铝、混凝土、玻璃、塑胶等新型材料，色彩和手工业时代相比，大多也更加明亮。柯布西耶举出了几项当今机械时代的建筑的特性：鲜明（clearness）、明了（distinctness）、机敏（cleverness）、精确（presision、correctness）、纯粹（pureness）、简洁（simplicity）等。与之相比，拉斯金[2]举出的手工业时代的建筑特征有：粗野（savageness、rudeness）、易变（changefulness）、自然主义（naturalism）、怪异（grotesqueness）、刚硬（rigidity）、繁复（redundance）等。由此可以明显看出当今机械时代的建筑美感与手工业时代的不同。

不可思议的是，如今的现代建筑家似乎十分憧憬纯艺术家，认为他们掌握了自己完全无法表现的另一种美的要素。就连完全否定装饰的柯布西耶，也没有否定正逐渐走向停滞的纯艺术，甚至抱着肯定的态度。而且大多数现代建筑家似乎和过去的人一样，有将艺术家神圣化的倾向。在现代建筑内部的白墙上挂上毕加索、莱热[3]或超现实主义、迷幻艺术的画作，或许的确能起到拯救单调室内的作用。换句话说，通过纯艺术的装饰来打破现代建筑的单调，使其富于变化，也许是使人类的生活更加丰富的手段之一。然而，重要的是这种用来装饰的绘画与手工业时代建筑上的装饰不同，终究不过是用来强调现代建筑效果的绘画。

我们人类的眼睛会为纯粹的东西感动，并为之心醉。大概是因为那些事物是人类在燃烧自己进行创作时呈现出的必然形态。然而我非常怀疑，混乱的现代艺术是否真的有那么纯粹。现代建筑虽然风格各不相同，却都应该保持纯粹，内部的装饰也同样应该纯粹。在这点上,现代艺术却过于混乱和污浊。正如在音乐方面,电子合成器的发展成熟导致在技术上可以实现任何声音,但如今创作的乐曲和未被文明污染的原始音乐或民族音乐相比,却过于污浊。更过分的是,现代音乐还摆出一副高姿态,远离了民众。这一点在前卫美术上也是一样,使我不得不对当今的艺术家产生了不信任感。至于家居装饰,我认为反而像是纯粹的科学或数学的形态、自然物的有机形态,在原始时代使用的粗野却纯粹的造型物,或是尚未被文明污染的纯粹的民间工艺品(它们正急速从这个世界上消亡),更适合作为现代建筑的家居装饰,与新式建筑更加契合。还有运用美丽照片和印刷技术的平面设计,也很适合用来作为现代的家居装饰。

现代建筑家对纯艺术家过于买账(就像缺乏涵养的人会对艺术家特别尊敬一般),不仅会在家里装饰那些纯艺术家的作品,还会让他们在作为建筑的一部分的墙面上绘画,或装饰雕塑,然而不得不承认效果大多都是失败的。因为世上的天才艺术家实在为数甚少(在混乱的现代社会尤其罕见),而且在纯艺术(尤其是当今时代)里,除了天才的作品之外,几乎都可以断言为庸作。再说,即使真的有天才存在,那些从事现代美术创作的人一直以来都与外界隔绝,只在画框中追求美,如今要让他们回到墙上作画,实在有些勉强。就像安德烈·纪德所说,"所谓的现代艺术,就像是在高空飞翔的过于渴望自由的风筝。若想获得更多的自由,只能自行剪断与他人连接的线。"他本人正是一名与世隔绝的孤儿。

我在全世界看过很多现代建筑,却很少看到十分出色的壁画。当然也有成功的例子,例如阿斯彭会场的小厅里那幅在混凝土上刻出波浪形划痕的壁画。不过这幅壁画是出自该建筑的设计师赫伯特·拜耶[4]本人之手,所以可以说是作为建筑的一部分,在质感上取得了成功。若是绘画类的作品,即使是再有名的画家之作,大多也会显得意识过剩(over-conscious),令人对艺术家的自我意识感到不快。

那些想把艺术性绘画或雕塑融入建筑的建筑家,虽然大多数都失败了,但从他们还想在建筑上有所进步这点来看,还算是好事。最令人厌恶的要数那些迎合世间的折中主义(将过去的东西和各种风格与现代折中)的产物。在那种建筑里经常出现学院派的死气沉沉的艺术作品(在日本,主要是政府主办的美术展览的高层干部的作品)、路易王朝式的作品,以及有钱人喜欢的金碧辉煌的装饰品和家具。要说例子,皇居新宫殿的壁画和家具等全是这种半吊子的折中主义的作品,可以说是最令人厌恶的例子之一。通常这类作品都会在过去文化中千篇一律的东西上再加上令人讨厌的怪异之物。比如,日光东照宫里左甚五郎的猫[5],希腊壶上的绘画等。这些完全就是柯布西耶指出的"炫耀式艺术(Art d'apparat)",是最令人忌讳和鄙视的东西。

新几内亚和非洲原始部落的人们至今仍在雕刻粗犷并富有装饰性的物品,以及表现当地民众内心的纯粹的传统物品,从这些物品上我们能感受到健全的人性。然而,若要把这些装饰性的美丽图案强加在现代的机械制品上,实在是有些勉强,或者说是多余。在战后不久,我曾有过一次苦涩的经历。那时我接到的第一项设计工作是制造白瓷器皿(杯子、茶托和盘子）。当我把作品拿到大型百货公司时，对方却说因为上面没有任何图案，所以只能算是半成品，把作品退了回来。那些作品最终被一家位于银座小巷里的时髦咖啡厅采用，后来使用纯白陶瓷器皿的人逐渐增多，然而直到现在，也时不时会有人问我为什么不在白瓷器上画图案。我给出的回答是："图案本来就属于手工业产品，从技术上来讲，并不适合以合理量产为目的机械制品。何况就算在简洁的机械产品上加上图案，也只会显得像是粘上去的异物，十分可笑。此外，餐具是为了满足人类的用途而制造的。除了便于使用以外，餐具还需要具备把盘中的食物映衬得更加美味的功能。现代的餐具更需要符合功能性，如果在上面加上图案，人们的目光便会被图案吸引，盛放在其中的食物的存在感就被削弱了。"

和大批量产的陶瓷器一样，机械生产的产品具有机械生产本身的美感，图案一类的装饰通常只会起到妨碍作用。最近有位在日本具有代表性的平面设计师突然起兴，尝试着在白色的陶瓷器上添加美丽的图案，最终的成品却都惨不忍睹。毕竟他对包括陶瓷器的生产过程在内的知识完全一窍不通，这大概就是所谓的不知天高地厚。

难道机械生产的产品都不适合加上图案？那倒也未必。如为了方便使用而存在的标示、计量用的数字，以及制造公司和商品的标示等。这些出于某种目的而加上的图案标示并不会惹人反感，有时反而还能成为装饰的点缀，使产品更加赏心悦目。然而这些标示也需要限定在功能允许的范围之内，而且要尽量低调。如果设计师对生产过程不熟悉，或出于经济考虑偷工减料，又或是采用廉价的颜色，结果自然会惨不忍睹。

在建筑上也是同样，大厦名称、导览图、方向指示标、扶梯、楼梯、厕所、公司名称看板等，这些为了某种目的而存在的标示与仅有装饰作用的壁画相比，反而少了刻意的感觉，很有美感。海报也是，只要质量、场所和数量恰到好处，自然会有装饰效果。然而如今的优质海报很少，再加上商业的因素，经常被到处乱贴，严重破坏了建筑和环境的美。

不仅是陶瓷器，现代的各种餐具上大多都充斥着花朵、蔓草等带有商业主义性质或欺瞒大众的图案，或是花里胡哨的流行色彩。这些繁杂和刺眼的东西会令人很快厌倦，而这正是商业主义的目的。除了餐具之外，在设计上最过分的要数在战后急速成长的家电和汽车，例如，像佛坛一样金碧辉煌的电视套装，以及动不动就加上镀铬饰带，过度追求流线型的汽车等。流行、风格、升级，这些只是用来提高生产周转率和增长率，欺骗大众的东西。正是浪费的生活，导致地球上有限的资源逐渐枯竭。这种装饰，难道不就是将原本应该很美的机械文明破坏殆尽的最可怕的东西吗？

一般如果是品质不好的白色陶瓷器，表面会出现叫作"铁粉"的黑色斑点。从现状来看，绘制图案实际上大多都是为了掩盖铁粉、裂痕或是气泡等瑕疵，所以才会产生没有图案的产品因为质量上乘反而成本更高的奇妙现象。更何况很多人在作品上装饰各种花里胡哨的图案，目的是把廉价物品高价卖出。这下大家知道在图案里隐藏着多少阴险的花招了吧。

至于汽车，如果把勉强添加的流线型装饰和镀铬装饰全部去除，只依据功能进行忠实的设计，成本通常能下降三分之一。也就是说大家需要知道，如今的机械制品，装饰越是繁杂，质量一般就越差。

　　当然从设计的角度来看，也不能将装饰艺术完全否定。例如，橱窗或宣传海报，这些装饰设计本身就带有目的。然而除了这些装饰以外，我们应该对如今的机械生产时代有更深的认识，回到原点，先将装饰全部去除，再考虑什么才是属于新时代的装饰，重新出发。如果不这样做，我可以断定那些在当今时代占了绝大多数的不堪装饰，将会成为机械文明的罪恶之花。

（1977）

（1）指广岛和平纪念公园两侧的和平大桥及西和平大桥。
（2）约翰·拉斯金（John Ruskin，1819—1900），英国作家、艺术评论家、哲学家。1880年与艺术家威廉·莫里斯（William Morris，1834—1896）发起了工艺美术运动（Arts and Crafts Movement，或译艺术与工艺运动），以反思工业化为出发点，提倡手工生产，艺术与技术、生活相结合，向自然学习，为大众而设计等。
（3）费尔南·莱热（Joseph Fernand Henri Léger，1881—1955），法国画家、雕塑家、电影导演，早年学习印象派与野兽派画风，后转为立体派，作品多关注机器、城市等主题，使用几何形状和线条，代表作有《都市》（*La Ville*）、《红色背景的大游行》（*La Grande Parade sur fond rouge*）等。
（4）赫伯特·拜耶（Herbert Bayer，1900—1985），匈裔美籍设计师，是包豪斯最有影响力的学生、老师和拥护者之一，早年多从事平面设计，他设计的无衬线字体通用体（Universal Alphabet）是包豪斯的标志性字体。20世纪40年代移居美国科罗拉多州的阿斯彭，开始建筑设计工作。
（5）日光东照宫回廊上的"睡猫"雕刻，相传是江户时代雕刻师左甚五郎的作品。

对设计的思考

1 设计与创造

随着技术的发展与细分、各种新材料的出现，以及现代化过程中人们生活的变化，便产生了设计。换句话说，设计是将当今的各种新构成元素有机融合的技巧，也可以说是艺术。

设计至高无上的目的，就是为了人类的使用。

没有创造就不是真正意义上的设计。所以，没有创造就只是模仿，不能称之为真正的设计。

设计的创造并不是表面上外观的变化，而是运用创意对内部结构进行改革。

设计的形态之美无法只靠表面上的粉饰打造，必须由内而外渗透。

真正的美是孕育而来的，而不是凭空创造的。

设计是有意识的活动，然而，刻意违背自然的行动是丑陋的，需要有意识地尽量遵从大自然的定律。在设计行为中，这种意识在极致的情况下会成为无意识，而美就在到达这种无意识的时刻开始产生。

优秀的设计师是尽量依循自然法则，并尽可能地将其充分利用的人。

设计也是一种创作活动。创作需要想象力。因此，设计师必须是想象力丰富的人，头脑不能太僵硬。

想获得创作活动的灵感，必须要有契机。为了抓住契机，设计师需要努力打造环境。

在设计上的意识及创作活动,都要与"用途"紧密相连,绝对不能脱离。一旦脱离用途,就称不上是设计。

所谓的前卫工艺,就是为了追求自由的美而脱离实用,但这已经进入纯艺术的范畴,既不是工艺,也不是设计。

2 设计步骤

设计能否成功,取决于设计的步骤。

工坊(workshop)对于设计至关重要。

只靠纸和笔既无法完成设计基础构想,也创造不出美丽的形态。

在工坊一边制造,一边尝试、思考,这才是在设计中最有效的基本态度。

设计构想并不是在脑海中瞬间冒出来的东西。设计的构想需要由设计行为触发。

设计行为主要在工坊进行。包括为了构思设计而进行的尝试、试验、模型制作等,实施者当然必须是设计师自身。

在构思设计时,与平面图相比,立体模型要实际、有效得多。

设计行为中的模型是用来构思设计的,而不是用来展示和发表的。所以该模型在最初应尽量简略,以保留灵活性,便于更改。

在设计行为中,设计构想会随时发生变化,直至最后完成的一刻,这是理所当然的。所以,在设计之初就画出漂亮的创意速写和发表用的图纸,并将基本风格定下方向,是非常荒谬的行为,只能说是虚伪的设计行为。

在工坊进行设计的过程中,必须要吸收所有知识(特别是科学技术)。在这点上,最有效的手段是请各领域的专家协助。

设计行为不仅要在工坊进行,也需要在生产工厂继续进行。必须在工厂进一步与现场专家接触并取得协助,还必须在那里学到将设计运用到生产的技术。

在工坊获得设计构想之后,要在生产工厂进一步发展构想,有时在不得已的情况下还需要变更构想。这时就要再回到工坊,重新开始设计行为。

通常设计师会根据需要在工坊和工厂之间来往,不断调整设计的构想和形态,使其逐渐成形。

在设计过程中,陷入僵局时,需要将至今为止努力积累的一切都舍弃,回到原点,探讨设计该产品究竟是要实现什么目的。当然,这需要非常大的勇气。

当设计过程接近尾声时,作品的形态会变得不容妥协,连分毫的误差都令人在意。换个角度来看,此时即使仅做微小的调整,也会使作品的形态更自然,一下子上升几个层次。一旦步入这样的状态,就是设计接近完成的征兆。

如果仍处于设计行为的过程之中,或设计过程十分敷衍,就不会显现出如此严峻的状态。

3 设计与科学

在设计行为中,需要具备数学、力学、材料学、电子工程、计算机等各种科学知识与技术。然而，设计行为要从事物的原点出发，所以在具备一切科学知识之前，应该先开始行动。

科学技术当然会对设计构想和新设计表现方式的开发有所帮助，然而各种科学技术都有其特性，当然也有各自的极限。所以，必须先了解某些科学技术的运用方法是否会违背设计的本质，有时科学知识也会成为设计创造的刹车。

偶尔会有品牌商找到我，说将来的产品内部结构已经确定，技术方面的问题也已解决，希望委托我来设计。然而，设计行为的原则是从原点开始，所以我个人喜欢尽量能从产品构想伊始就让设计师参与的方式，否则，从根本上来说就不会产生好的设计。

市场调查对设计创作来说没有什么帮助，反而经常会对有创意的设计师起到反作用。因为市场调查是对过去的数据进行分析，然而以创造为宗旨的设计的根本使命，是创造出过去未曾有过的优秀作品，两者正好相反。

在设计行为中，考虑人体工学或许是件好事，但以人体工学分析出的数据，对设计来说似乎没有什么帮助。

仅凭人体工学的数据来设计，无法创造出功能完全的产品（例如新干线的座椅）。所谓分析，就是从整体中抽出某一部分来考虑。但想要把握整体，用人体实际体验尝试的方法要快得多，也会更加顺利。

4　设计的合作者

设计不能仅凭一个人完成。俗话说得好，"三个臭皮匠，赛过诸葛亮",只要是优秀的合作者,不管有几个人,哪怕只是两个臭皮匠,也能创造出优秀数倍的杰作。

设计师尤其需要技术人员的协作,而且还必须是头脑灵活、个性积极的技术人员。能否孕育出好的设计,关键就在于能否尽量挑选出优秀的技术人员,并获得技术人员的充分协助。

越是优秀的设计师,越会听取技术人员的意见。

设计师不能隔绝于社会。为了让好的设计问世,必须和各种人来往,像企业家或政治家等。如若不然,自己的设计终究无法在社会中落实。

好的设计不仅归功于负责设计的设计师,也许更要归功于发现并任用优秀设计师的企业家。

企业家最重要的是要拥有产品制作人精神,与手工业制造领域的"手艺人精神"相对应的"产品制作人精神"。

只依靠优秀的设计师,好的设计无法诞生。只有同时拥有优秀的制造产品的企业家或制造商、负责销售产品的销售员,以及使用产品的用户,好的设计才能问世。

5 设计的现状

在当今时代,畅销的东西未必是好的设计,而好的设计也未必能畅销。

现在的设计师仅以创造好的设计为目标还不够,还需要考虑产品是否能畅销。也就是说,必须要找出好的设计与畅销产品的连接点。

对于如今的多数设计师来说，比起创造好的产品，设计畅销产品要容易得多。当然对于有良心的设计师则正相反，他们也会比前者更加辛苦。

今日的设计师几乎都在被逼无奈之下以商品畅销为目的，所以才会把焦点放在刺激购买欲的花里胡哨的物品、吸引眼球的物品、紧跟潮流的物品上，做表面文章。

大多数设计都被迫卷入流行。然而，真正的设计源自与流行的抗争。

要加快商品的周转，就要促进人们浪费。当今的大多数设计师，只能无奈地在这种为了经济增长不择手段的浊流中沉浮，完全是一场悲剧。

在某场国际设计会议中，曾有人把当今的工业设计比喻为娼妓，批判其"在暗夜里搔首弄姿"，真是很贴切。如今因浪费被丢弃的垃圾突然增多，而且由于高分子化学和合金技术的发展，半永久垃圾的量也变得非常庞大。

如今的设计定将成为后世之耻。人类制造的东西最终必须能回归土地。这是维持自然和谐的循环法则。

比起制造物品，人类似乎更不擅长丢弃物品。

今后的设计必须考虑将物品丢弃后的问题。

如今的设计师对人类文化实在称不上做出了什么贡献。

进入机械时代之后出现了大量丑陋的产品，如果说这是由设计造成的，也令人无法反驳。

尽管几乎所有产品都经过了设计，却依然丑陋不堪。从结果来看，令人不禁觉得如果没有设计师这种职业，当今时代也许会变得更好。

不过，即使在如今这样的机械时代，也有为数不多的优秀设计陆续出现。这些罕见的优秀作品将设计的名誉挽救了少许。

说到底，哪怕没有设计师的参与，也依然可以将各项技术妥当地有机融合，形成美丽的"无名设计"品。例如，棒球球棒、手套、化学实验用的烧瓶、烧杯、人造卫星等。

无名设计美好而神圣，当今那些已被污染的设计师根本无法企及。

民艺也是无名设计的一种。

与无名设计相比，经人设计的产品之所以大多数都很丑陋，大概是因为构成元素的融合过程中掺杂了非有机的不纯物的缘故。

6　设计与民艺

在民艺的深处可以窥到人类生活的原点，从那份纯粹中可以汲取美的源泉。

在人情味丧失的当代，民艺那温暖的人性和原始的纯粹性，都使当代的人们产生强烈的共鸣，甚至对过去产生憧憬。

然而，面对民艺之美，我们不能只沉浸在感伤之中，重要的是在面对未来时，我们应该从民艺中学习什么。民艺是地区的文化，通过民族传统逐渐凝结而成，因此极为纯粹。

这份纯粹正是美的根源，这样的美超越了时代与国界，是我们所有人类共有的普遍的东西。

产品设计相关领域的人必须注意，过去手工制作的民艺品正因为是供庶民使用的产品，才会产生必然的耀眼的美。

因为手工制作的产品很美，就要把它们搬到机器上量产，实在是愚不可及的行为。

手工制作和机械生产是两种不同的方式，表现出的美自然也不同。

手工艺应追求手工制作之美，而产品设计应追求机械生产之美。然而，美都是从与人类生活相关的事物中诞生的，美的来源是相同的。

民艺可以说是地区文化或民族文化，而设计则是人类的文化。

与民族文化相比，面向人类文化的设计正处于通过各个地区的文化交流与融合，向更广阔的范围发展的燃烧能量的过程之中，最终或许将会实现人类文化的统一，达到纯粹的境界，不过在现阶段仍十分困难。这是由于在从手工业时代发展到机械时代的过程中产生了很多混乱，也就是在现代化进程中出现了种种矛盾。

在发达国家，现代化暴露出了文化史上前所未有的最为深重的丑恶，令人感到羞耻。

如今发展中国家又将重蹈覆辙，究竟什么才是人类的幸福呢？

7　设计与传统

传统是为了创造而存在。

缺乏传统与创造的设计是不存在的。

试图直接模仿传统之美的样态，或是将其中的一部分运用到今日的设计之中，都是无视了传统之美诞生的必然性的行为。

　　传统之美并不是有意识地创造的，而是孕育出来的。

　　有意识地以传统之美创造物品，相当于漠视了传统之美诞生的必然性——在由时代、民族、地区环境、社会、材料等构成的整个有机体中自然孕育而成，最终只会伤害传统之美与尊严。

　　刻意追求传统之美的例子，可以举出"日式趣味（japonica）"这种东西，经常可以从中看到似是而非的惺惺作态，令人感到厌恶。

　　刻意追求传统，总会做出似是而非的东西，也就是有变成模仿之作的危险。

　　日本人在日本的土地上，运用日本的现代技术与材料，发自内心地为了日本人的使用而制造出的产品，自然会呈现出日本风格。唯有以这种态度，才能真正继承日本的传统之美。

　　过去的稳固的传统之美，诞生于稳固的共同体[1]社会。

8　设计与社会

　　设计的风格自然会反映出不同设计师的个性，然而，还会更强烈地反映出产品诞生的社会背景的特质。

　　比起说这是某某人的设计，不如说这是德国的设计、意大利的设计，更能明显地反映出作品的风格。健全的产品存在于健全的社会之中。

设计是社会问题。

什么是好的社会？我认为是以共同体的形式相互联结的社会。如果人们以共同体的精神联系在一起，也许就不会出现糊弄或欺骗人的设计了。

不解决社会问题，就无法产生好的设计。

9　设计的将来

对于以促进经济增长、促进商品的周转与浪费为目的的设计，今后要采取坚决的措施。

这是因为地球上的资源有限这件事，已经逐渐成为摆在人们眼前的现实。

过去人们认为只要尽可能多地挖掘地球上的资源，无穷尽地生产物品、大量生产，就能实现经济增长，使人类获得幸福。

然而，富饶的地球如今已逐渐变为贫瘠的地球。

我们已经到了需要考虑该如何珍惜有限的宝贵资源的阶段。特别是以浪费为目的的大量生产，最应该引起我们的警戒。

机械生产应该由重量向重质转变。设计自然也应该注意从廉价媚俗，转向真正对人有帮助的重视质量的产品。

有人认为在进入机械时代之后，之所以人口会急剧增加，是因为支撑人类生活的物品的数量增加了。

然而，如今地球上用来制造物品的资源正在枯竭，不能再进一步地追求物品的量产。

控制人口、控制生产等，今后将进入凡事都需要控制的时代。当然设计也要面对控制的问题，而控制对于人类来说，是最为头疼和困难的问题。

人类必须回到原点，思考若想让地球文化长久地延续下去，究竟应该做些什么。设计的问题也一样，如今已经到了需要回归设计到底是什么这一根本问题的时期。

（1983）

（1）共同体（Gemeinschaft）是德国社会学家斐迪南·滕尼斯（Ferdinand Tönnies, 1855—1936）在《共同体与社会》（*Gemeinschaft und Gesellschaft*）中探讨的两种社会形态之一。费孝通在《乡土中国》中将Gemeinschaft解释为礼俗社会，是"一种并没有具体目的，只因为在一起生长而发生的社会"，即涂尔干所说的"有机团结"的社会；将Gesellschaft解释为法理社会，是"为了完成一件任务而结合的""机械团结"的社会。

设计诞生的瞬间

设计师备忘录

在过去的手工业时代,工匠需要自己做规划、设计,自己挥动锯子、凿子。陶工也需要自己揉泥、拉坯、塑形。然而在现代的机械时代,随着科学的进步,优秀的新材料层出不穷,需要掌握处理材料的科学知识,再加上生产方式变成了由机械进行大量生产,所以需要掌握特殊的技术和各种烦琐的操作。也就是说,过去在物品的生产过程中生产者自始至终要一手包办,如今为了效率与效果,需要把他们曾经负责的工程分给各个领域的优秀专家。然而分工形态往往容易导致各个部门缺乏沟通甚至分裂,使产品无法统一。总的来说,在机械生产形式中最需要注意的就是各个部门之间的完全的合作。

机械时代的基本分工形态

设计师与技术人员合而为一,形成生产的大脑,大脑再操控担任手脚的工人(技术劳动者),通过他们的工作,使美丽的机械时代变为可能=形成生产文化。

用途、功能、美,这些要素无论是在手工时代还是机械时代,对设计师来说都是必须掌握的永恒的要素。然而机械时代的设计特点,就在于生产过程要靠机械完成。也就是说,设计师首先需要考虑自己的设计必须适合用机械量产。为了做到这点,设计师就必须熟知生产过程,所以需要与操作机械的工人建立紧密的合作关系。有时为了更加了解材质和机械,设计师还有必要亲自反复触摸材料,操纵机械。

经常有人在设计陶瓷器时只画出漂亮的设计图就感到满足,这样的人大多完全不知道陶瓷器生产的过程,因此经常会让负责制作的人非常辛苦。偏偏这些人大多又有一种艺术家特有的傲慢,经常愤怒地抱怨:"制作者完全不懂我的设计意图。"

在现代商业主义的分工系统下,设计师仅凭画设计图也能谋生。似乎那些设计师认为自己的工作就是尽量多画设计图来赚钱,因此可以说,如今的设计师基本只是个画图的。

家具设计也是如此。很多人认为只要把设计图交给制作人员,就可以做出家具,然而这样是绝对无法做出好家具的。

我过去曾经在贝里安[1]手下工作,在设计新款座椅时,她绝不会一上来就把图纸交给制作者。她会先找到适合的工厂,观察工厂的状况,仔细检查工作机械并研究材料,随后把自己的构思画成简单的速写交给制作者,并询问她的设计在制作时是否会有勉强之处,接着再制作简单的试验品或模型。完成试验品后,改正无法实现之处,改良需要改良之处,之后再次制作试验品。这样的工序会重复十多次(至少要修改十次),在她判断没有任何缺点之后,才会进入生产阶段。在产品完成后,她才会为了保留记录,画下正式的图纸。

并不是依据设计来制造,而是通过制造完成设计,这一点在机械时代尤为重要。换句话说,尽可能地熟悉机械,触摸材料,才是好的设计诞生的关键。

机械的进步和新材料的出现使设计发生了彻底的变革。而先进的机械和新材料都需要靠技术人员来使用。设计的进步比起设计师的进步,不如说更倚赖于技术人员的技术进步。所以设计师需要与技术人员紧密联系。

没有优秀的技术人员的协助,设计师绝对无法维持设计生命。展览会上的作品上经常只列出设计师的名字,这点需要特别注意。之所以设计师会陷入自我陶醉,就是因为不尊重技术,这样是无法制造出好的产品的。

陶瓷器生产的基本分工形态

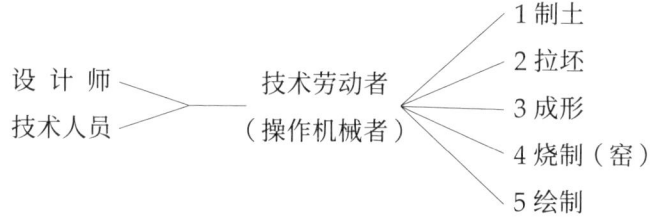

生产的顺序大致如图所示。关于在生产的各个部门中设计师发挥的作用,下面我将参考自己的经历,依序进行解说。

第一项的制土和第四项的烧制几乎都是与技术人员相关的项目,但设计师也不能完全摆出事不关己的态度。譬如制土的技术会直接反映在材质的特色、触感等方面,如果工序改变,势必会使成形出现变化,而成形上的变化会直接影响设计,所以无论如何都必须事先了解整个作业的流程。

烧制问题也是如此。最近,窑业中的一大话题便是隧道电窑。过去用来发热的镍铬合金线很难达到千度以上的温度，如今使用硅碳棒（最近在日本也有生产，但品质尚未确定）便可能实现。不过，烧制瓷器需要还原焰，难点之一是需要特殊装置将瓦斯输入窑中，而硬质的陶器是用氧化焰烧成的，所以即使没有那种装置也没关系。通过使用隧道电窑：一、不再需要过去那种占据大空间的箱体。二、能够减少产生在窑厂中被视为绝对禁忌的灰尘。三、由于不会冒烟，所以不再需要烟囱。四、不再需要之前甚至要熬夜赶工的大量人力。五、温度稳定，能够减少损失，等等。这势必将为窑业带来一大变革。时代在变化，政府却依然只做些琐碎无谓的例行公事，为什么不在这种先进的事物上投入力量呢？难道他们不知道继续这样撒手不管，会使窑业这项日本拥有特殊技术、在世界都能引以为傲的产业被他国超越，濒临毁灭吗？

此外，据外国杂志报道，最近业界还在研究使用高频波烧制陶瓷器的方法。这样一来，工厂的设备势必又会迎来超越隧道电窑的一大革命。如果"形变"这一制作陶瓷器的最大难题得以解决，产品的形态想必会发生改变，设计的构思自然也会随之改变。此外，在制土、成形、烧制、绘制等环节，设计师需要注意的要素还有很多，碍于篇幅，接下来我仅针对和设计关系最为密切的拉坯，来阐述一下我的想法。

关于拉坯

在使生坯成形之前，首先需要制作它的母体（石膏模型），这需要特殊的技术，一直以来都由拉坯师傅制作，然而设计师最需要注入心力的便是这一阶段，必须与优秀的拉坯师傅保持共同合作。因此，设计师必须至少了解模型的整个制作流程，并亲自参与原型的打造。

从前的设计师只需要专注于把自己喜欢的形状画在纸上，再在上面加上图案，然而这种闪亮华丽的设计只属于机械时代之前的时期。在机械时代，首要问题是从产品的功能、材质以及生产过程得出必然的形状，而这形状（form）才是今后的工业设计师最应该致力研究的问题。

设计师在制造产品原型之前，首先需要制作石膏模型，用来进行各种研究（绝不能像过去一样只画图了事）。制作时当然要考虑功能和形态之美等因素，但同时也要考虑在机械拉坯或注形时是否便于操作，以及在切割时是否会过于复杂，是否能减少在烧制时产生的形变等，必须打造出能使整个工程顺利完成的造型。

关于用来制作模型的石膏

石膏在硬化时需要的水量，根据石膏的性质各不相同。水量太多时石膏不易变硬，或者会在变硬之后质地软化，成形时还会渗出水分，十分脆弱。水量过少时石膏则会分布不均，很难搅拌，或者在变硬之后出现过于坚固的地方，难以削塑。因此在使用石膏之前，必须事先充分调查石膏的性质，并研究好适当的调配水量。先在容器（Ⅰ）中盛上适量的水，再慢慢地将石膏筛入，静置片刻。待石膏沉淀之后，把上方的水去除，用搅拌棒（Ⅱ）将沉淀部分充分搅拌成泥浆。调配石膏中水量的方法就是如此麻烦，然而由于加水时间和搅拌方法会对硬化后的石膏性质产生很大影响，是决定石膏质量的关键，所以必须要特别留意并练习熟练。大型工厂在批量生产模具时，有时还会用到特殊的搅拌机。

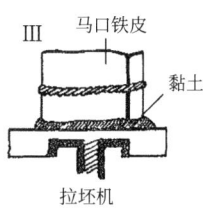

关于石膏模型的制作

要打造精确的圆形，需要利用拉坯机进行削塑。

首先，将马口铁皮卷成圆筒形放在拉坯机上，并用绳子绑好，防止它恢复原状。将其放在转盘中央（Ⅲ），把变成泥浆的石膏灌入其中。为了防止石膏流出，需要在马口铁皮的外侧下方用黏土固定。等内部的泥浆状石膏变硬到不会崩塌的程度时，把马口铁皮撤掉，用刮刀（Ⅳ）或修坯刀（Ⅴ）进行削制。削制时为了不让刮刀移动，要把支撑棒插入转盘另一侧的挡板，使刮刀紧贴着支撑棒削割石膏体。

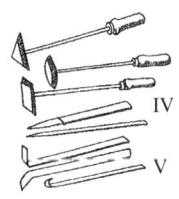

在制造奶壶等形状不规则的模型时，首先要用拉坯机削塑母体（Ⅵ），接着用放置成直角的两块平板（Ⅶ）和划针盘（Ⅷ）决定中心线，再用铅笔正确标记壶口与母体的接触面（Ⅸ），以线条外侧为基准，留出壶口大小的体积，用黏土覆盖并塑形（Ⅹ），往其中灌入泥浆状的石膏，等石膏凝固后再将黏土拿掉并进行切割，用刮刀和修坯刀等削出壶口。

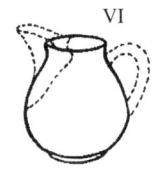

制作把手的要领与制作壶口相同，要让母体接触比实际把手稍大的物体来制作。然而，在加工把

手时需要非常细腻的技术，必须将其与母体分离开再加工，所以要先在该部分涂上肥皂水，使把手和母体不会粘连。之后，单独削制出正确的外形（XI），用平面盘和划针盘决定中心线，正确地标记把手内侧的弯曲弧度，再进一步削制出把手。根据我的经验，削割把手的形状是最困难的环节。杯盘、水壶等的削割要领都与奶壶相同，然而其中还有椭圆形和其他复杂的形状，碍于篇幅，只能另找机会进行说明。

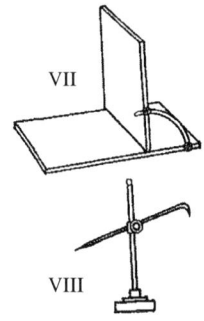

VII

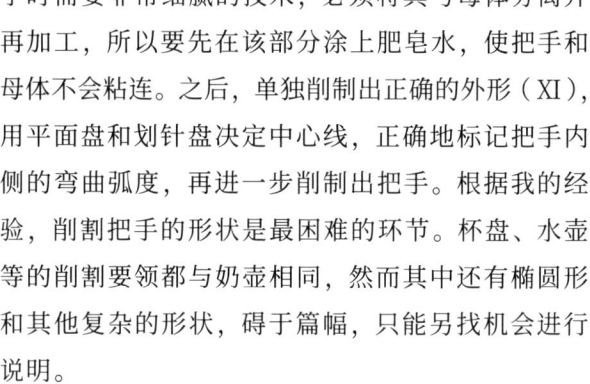

VIII

最后需要注意的是，仅凭一次尝试，很难实现理想中的模型。必须反复制作多次，直到满意为止。

关于原型的制作

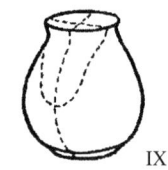

IX

X

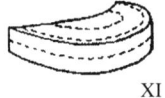

XI

完成石膏模型之后，就进入了制作原型的阶段，然而即使是非常优秀的模型师，也很难实现设计师在细微的弧度等方面的构想，因此，原型必须由设计师来亲手打造。由于烧制后的尺寸与原型成形时相比会大幅缩水，所以在制作原型时，不应以成品的大小为基准，而应该对收缩程度进行最大限度的估计。收缩程度也并不固定，会根据材料有所不同。即使是相同的材料，横向和纵向的收缩程度也有差异，还会受到形状、厚度和烧制温度的影响。想要完全掌握，需要一定的经验和熟练度。

制作原型时需要考虑以上的因素，而茶壶的原型包括五个部分，分别为母体、壶嘴、把手、壶盖和壶盖的手柄。而碗类包括母体和把手两个部分，盘子则只有一个母体，所以在处理削塑面时，需要先用砂纸擦拭表面，最后再用笔头草打磨使表面光滑。

在原型完成之后，就需要组合出产品的最终使用模型，并制造外壳模具。虽然这是模型师的工作，但模型的分割方法和连接处的切割方法等制作工序很有意思，同样需要设计师全盘了解，否则便容易把分割方法复杂化，导致出现多余的生产工序。把原型组装成使用模型后（XII），用绳子绑紧固定，从上方灌入泥浆状石膏。放置几分钟后，由于石膏的吸收性很强，与模型内侧的接触面会变硬，这时把使用模型倒置，让里面剩余的石膏流出来。最后再将使用模型分解，把内部成形的石膏取出。

XII

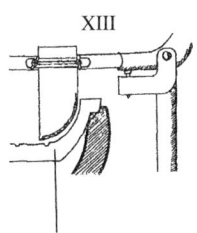
XIII

碗的使用模型

通常这种组合模型在重复使用约三百次之后，会因内面磨损而无法再使用，因此还需要制作这种模型的外壳模具。

在制作盘子的最终使用模型时，虽然原型本身已经可以作为使用模型，但由于使用模型会被消耗磨损，所以必须把最初的成品作为原型永远留存。外壳模具一共需要制作两个。在用石膏成形之后，把组合后的使用模型放在拉坯机的中心，在上面铺上"风箱土"，再用抹刀修出盘子的外形。

而碗的成形方式则与盘子相反，先用模具造出外形，再用抹刀打造内部（XIII）。

另外，即使用机械转盘完成成形工序，抹刀刀刃的形状，以及抹刀的抽刀角度也必然会限制盘子和碗的成形，因此设计师也必须对该方式有完整的了解。以上几点便是设计师在模型制作时大致需要留意的地方。此外，根据烧制情况不同，也必然会产生不同的固定形态。所以设计师若想随意地画几张图纸就进入制作环节，实在是很荒唐，实际也无法实施。

最后，设计师最应该事先了解、充分掌握的，就是想要制作的物品的性格。例如在设计硬质陶器时，必须了解硬质陶器究竟为何物。由于硬质陶器的特质和样态与瓷器完全不同，自然不能像设计瓷器一般设计硬质陶器。原本我打算在这篇文章中详细解说我接触过的硬质陶器的特性，但囿于篇幅，只能另找机会进行说明。

在这里，我要感谢对我的硬质陶器的设计理念表示了充分理解，为协助我而不惜一切代价的生产文化社田中富士夫社长、鹿子木健日子女士、村石治良先生，以及从一开始就为我的设计提供了帮助的铃木道次先生、松村硬质陶器公司的松村陶弘社长、近藤宪一前技术长、野村外吉现任厂长，以及工厂里的所有工作人员。如果没有各位的帮助和理解，我的工作想必无法实现与发展。在当今这个机械时代，设计师不可能仅凭一己之力生产出好的产品。没有优秀的理解者与协作者，设计师绝对无法存在。

（1949）

（1）夏洛特·贝里安（Charlotte Perriand，1903—1999），法国著名建筑师及设计师，曾与柯布西耶共事，1940年前往日本担任工业设计顾问，由柳宗理陪同。

拼木的包装

"真想帮拼木设计出好的包装。"大约十年前,我在小田原市被山中成夫先生制造的拼木深深吸引,随后便一直抱着这个梦想。然而,虽然山中先生有卓越的技术,却依旧在出口业者的压迫下,每天为了制造廉价的商品从早忙到晚,终日为生活奔波劳碌,也完全没想过要在包装上花钱。所以我劝说山中先生制造更精细高级的产品,将售价抬高,生活过得轻松一点,好构思出更有趣的作品。这样一来,我也可以为他贡献一份绵薄之力,设计一款好的包装。不过,由于与金钱无缘的我整天都在为那些能赚钱的工作而忙碌,只好把这种近乎慈善事业的设想暂时搁置。

同样也为拼木深深吸引的胜见胜[1]先生经常对我说"希望能帮上点忙",然而我们又不可能去找什么赞助商,最后只好由我的研究会负担了一切费用来设计包装。当然,如果能大卖,这笔费用之后会再归还给我。于是我便开始投入设计,一门心思想着要打造出精美的包装。通常客户在委托设计时都会提出一些要求,我自己也会因感到责任重大而经常退缩,无法完全依照自己的心意设计。但这次的工作完全出自我自己的意愿,所以可以自由地设计。虽然花了不少钱,但我的心情从未如此轻松过。最终完成的就是这件令我感到愉快的作品。

设计需要点子。为了想出点子,需要做试验、花工夫。必须要舍弃以往的观念,让头脑灵活转动。这种拓扑学式的想法是设计的基础教育中经常用到的方法。然而在流行做表面设计的当下,实际的设计已经完全脱离了这种基础训练。但我个人认为基础和设计必须合为一体。我相信所有的设计都必须由基础出发。在大约十年前,我曾访问美国集装箱公司。在那里,有数十名设计师一直在剪纸折纸,摆弄着纸张来研究包装的构造。我认为那才是设计本应有的样貌。

(1966)

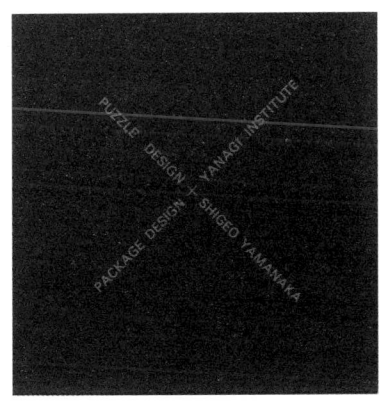

(1)胜见胜(1909—1983),设计评论家,法国文学译者,设计杂志 *Graphic Design* 的创办人。以写作、评论、教育、研究、出版、策展等方式推动了日本设计的发展,并深刻影响了世界设计交流及国际图形设计的标准制定。曾任1964年东京奥运会设计指导,其身后设立的"胜见胜奖"是日本设计最高奖之一。

胶带台

　　这款胶带台最大的特色是从任何方向都能轻易切断胶带。由于刀片本身可以自由转动，所以使用者总能从顺手的方向切断胶带，很方便在办公室等场所使用。

　　底座用铁制铸件添加了重量，这是由于在刀片转动切断胶带时，不能让胶带台整体也跟着移动。底座和刀片本体用可旋转的螺栓和螺帽固定，方便调节松紧。当然，为了使转动更流畅，在螺栓垫圈的下方添加了滚珠轴承。起初在主体和底座之间也设计了滚珠轴承，但这样一来便会太滑，难以在调节后固定，便改为垫入尼龙垫圈，改善了不少。

　　这大概是五年前的设计，委托者是以橡皮筋产品风靡全球市场的共和橡胶。用橡皮筋来固定包装纸固然方便，但作为拓展产品范围的方式之一，他们会把目光放在透明胶带上也是理所应当。

　　既然要生产透明胶带，共和橡胶便干脆找到了我，让我设计一款胶带台。生产胶带的有美国 3M 的思高（Scotch）、日本的米其邦（NICHIBAN）等知名公司，他们也分别推出了各式各样的胶带台。光是把外形设计得时髦漂亮是没有用的，所以我做了很多尝试，试图改善功能，或探索新的构造。我试过在刀片的齿尖上下功夫，或是让胶带能被截断成特定的长度，然而都与以往的产品大同小异，没什么特别的意义。偶尔冒出个稍微不一样的创意，却会因为构造被卡在专利上，只得在焦急中眼见着时间一分一秒地流逝。

当然，在那期间我也多次尝试制作模型再拆毁，不停地试验，以提炼创意。然而最终得出这座旋转式胶带台的基本创意，已经是接受委托一年后的事情了。

当我把设计图交给厂商之后，对方竟然认为加入滚珠轴承会提高成本，擅自把产品改造成了没有滚珠轴承的设计。结果旋转起来很不顺畅，外形自然也很难看。即便如此，也许是因为旋转胶带台这个创意很有趣的缘故，产品依然十分畅销。然而那完全背离了我最初的概念，看起来像是廉价货，所以作为设计师，我感到很不满意。碰巧我这里还留下了与该产品的原型类似的作品，便将照片夹在了分发给美国阿斯彭国际设计大会出席人员的参考资料中。在那场会议上，也有纽约现代艺术博物馆的人，他们看中了那款设计，并决定把那件作品纳入该博物馆永久收藏。

听到这个消息，惊讶的不只是我，就连厂商也跑来说"我们会立刻按您的要求改造"。于是以此为契机，我对产品又进行了改良，最终使现在的新产品得以问世。

负责这项设计的是曾在我的研究会任职的生田圭夫先生。而后来负责产品改良的是现任职员中山武久先生。如果没有这两位的努力，这件产品肯定无法诞生。我当然也很高兴，但相信这两位会比我更高兴。

有人曾说，我的设计很有分量，一看就知道是我的作品。然而对于我来说，比起外形，内在才是问题所在。吃饭时脸颊自然而然会鼓起来，鼓起本身不需要费神。也就是说，外形并不是从外部塑造而成，而是必然会从内容中生成的东西。换句话说，设计师的大部分精力需要放在要如何塑造产品的

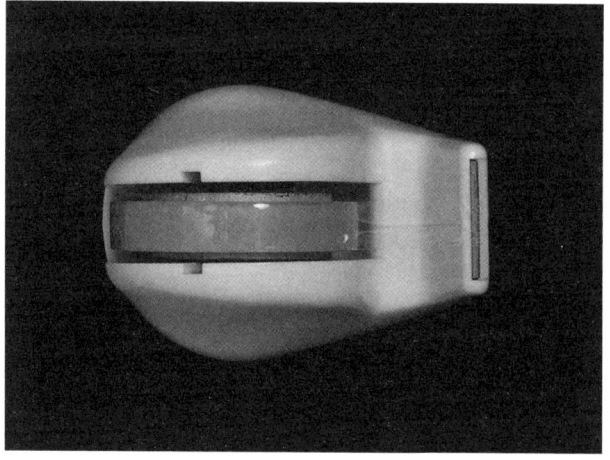

内在上。这需要构思创意。而创意绝不会仅靠桌上作业产生。我是至今仍将包豪斯的"设计出自工坊"精神奉为圭臬的人。

最近似乎出现了很多靠迅速绘制构想示意图维持生计的工业设计师。我认为这种技术与写实肖像画的技术没什么区别。也许他们的确有设计的构想，然而那份构想与产品的内在似乎没什么关系。这样的话，天真无邪的儿童的构想或许还更加真挚。产品的更新势必伴随着内在的进步，这才是健全的产品升级。然而越是吵闹着要升级产品的公司，其产品的内在往往越陈腐不堪。由于产品的内在不值一提，只好把产品的外观设计得花里胡哨，浓妆艳抹。

这种话也许太过直白，然而我认为，即使像"傻子伊凡[1]"一样，只要有创造好东西的欲望和喜悦，便足以弥补其间辛劳。来，做好工作吧！

（1966）

---

[1] 列夫·托尔斯泰创作的童话《傻子伊凡的故事》中的主角。因性情随和、不与兄弟争抢、勤奋劳动被大家称为"傻子"，却屡次挫败小魔鬼的诡计，最终还打败老魔鬼当上了国王。

塑胶与产品设计

我们这些设计师会把积极使用优秀的新材料看作是自己的义务，各个品牌商也会拼命抢先使用新材料，争取在商品竞争的战场中取得胜利。所以无论是在建筑、家具、餐具还是包装等方面，都会出现很多使用新材料——塑胶的产品。当然在这些塑胶产品中，我曾看到过非常优秀的具有创新性的新产品，但似乎也有很多看上去并不像是塑胶制品的可疑产品。例如，在车站贩卖的茶壶，不同地区有不同的样式，深受游客喜爱，然而最近却一下子被聚乙烯（吹塑制品）替代。这些产品仅是模仿了过去的茶壶样式的替代品，为何会泛滥到如此地步？为什么不利用塑胶的特性构思新的设计？而且最重要的是，这样一来还会导致茶里出现异味，所以从用途来看，塑胶绝对比不上陶土材质。实际上，像这种只能看作替代品的塑胶产品还有很多。

照片上是我设计的聚丙烯材质的收纳椅，应该是七八年前的作品。以前我就在思考能否使用这种材料批量生产成本低廉的椅子，后来开始着手进行研究，结果没过多久，就有厂商先一步推出了聚乙烯材质的椅子。那把椅子的结构很有特色，利用聚乙烯的弹性将管状椅脚插入贝壳状的椅座和椅背，是很有创新性的设计。再加上价格便宜，外观漂亮，听说销量也不错，遗憾的是在强度上还不能令人满意。不久之后，有人把英国知名设计师罗宾·戴[1]设计的聚丙烯椅介绍给了我。这把椅子的形状非常美，然而椅座和椅脚的接合处有缺陷，

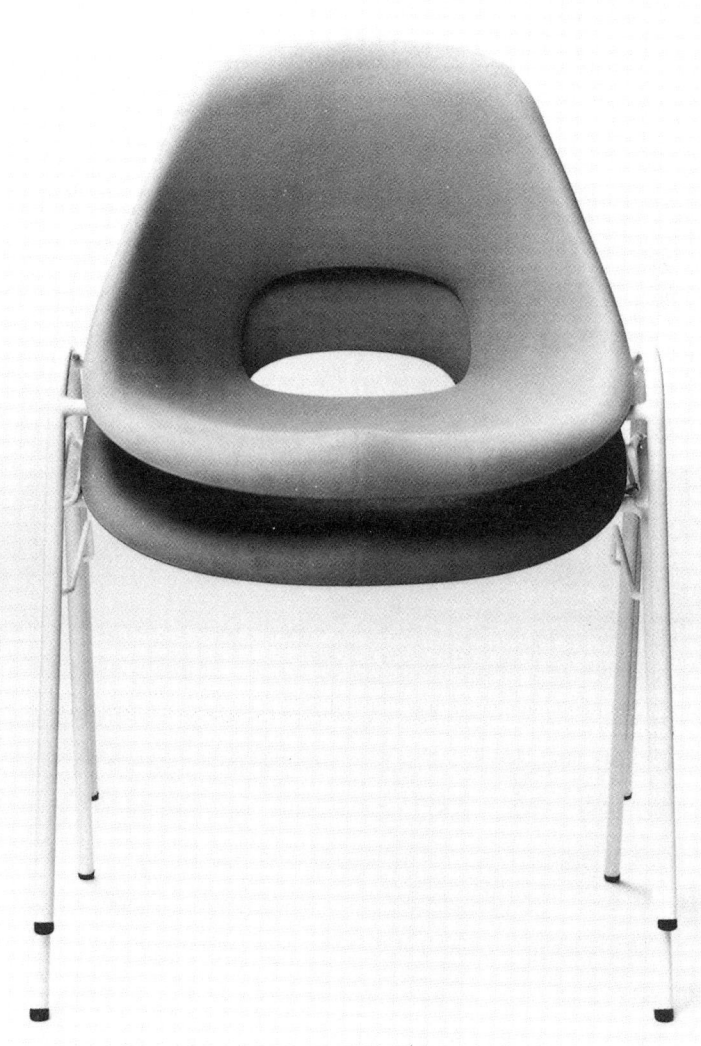

很容易损坏。其他还有很多人设计过这类椅子,然而重点问题都在接合处,令人颇费心思。所幸后来我有了赞助商,他们很积极地支持我的工作。我提出了几种接合处的处理方案,请厂商做出试验品来测试强度。在对材质的考量之下,最终选择了聚丙烯。在经过各种模型测试之后,终于进入了金属模具的制作阶段。模具的厚度约为2.5毫米,为了保持强度,我曾经试着制造只把椅脚根部的加强筋去掉的试验品,然而一坐下,椅子便会因为承重而歪斜或凹陷,完全无法使用。也试过增加材质的刚性,将变形的地方加厚,增加加强筋等方法,却都没有效果。本想暂时放弃,然而金属模具的制作和修改已经耗费了数百万日元,此时如果放弃,对赞助商实在是过意不去。那段时间我夜不能寐。秉承着必须把能做的尝试都做一遍的想法,之后我又数次修改并强化了金属模型,突然在一次试验中幸运地达到了能够保持充分强度的状态。之所以能成功,是因为我在椅座中间挖了个洞,借以吸收刚性,分散坐在上面的人的重量,而接合处也非常结实,实现了超出想象的成功。再加上材质是聚丙烯,在金属模型内部能够很好地聚合,比其他材料更加轻薄,这也成了这件产品的特色之一。然而这把椅子也有一个缺点,就是会产生静电,容易沾染污渍(可以用洗洁剂洗掉),一沾上污渍便会显得有些廉价。

经常有人说"设计的形态并非一味追求外观,而必须是从内部涌现的形态",但在今日,只追求外观样式的设计泛滥成灾,设计师一味迎合追求流行的世人的喜好。有一位文化评论家曾把当今的这种设计师比为"娼妓",在阿斯彭国际设计大会上,也有一位发言人抨击说,设计师已经沦为下九流,是对现代文明的发展毫无益处的存在。将产品设计成红色或是蓝色，流线型或是方形，就像选择长裙还是迷你裙一般，不同的人有不同的喜好，而且瞬息万变。实际上，如果设计师只是一味迎合世人喜好，可以说就成了非常空虚又不体面的职业。在前年的博朗电器展举办之日，博朗公司（Braun）的领导马丁博士曾在致辞时提道："日本某家厂商模仿了博朗榨汁机，但我们完全不在意，因为博朗已经不打算再制造那种榨汁机。现在各家电器厂商都忙于制造电扇，但那无非就是在风扇后面安装电机，再在下面安装一根用来支撑的脚。无论产品怎么升级，也跳不出这个范围。不过，博朗正在构思一款构造完全不同于以往的电扇。"就连美国的设计，都已经告别了雷蒙德·罗维的时代，进入了艾略特·诺耶斯[2]的时代。也就是比起外在，更看重质量的改良。真正的设计的理想状态不就在于对产品内在的改造吗？唯有这样，设计师才能肩负起发展现代文明的责任。如果没有对质量本身进行改良的能力，就称不上是设计师。这是成为创意人和真正的设计师的基本。当今时代流行的那种构思草图，只是对外形的幻想，对改善质量没有任何帮助。

　　优秀的塑胶材料不断涌现，运用这些新材料的产品自然也会呈现新的形态。设计师正应该在这方面倾注全力，光是研究这些就够忙的了。那些因塑胶材料发展过快而被迫改正设计方法的设计师，应该对此心怀感激。

（1967）

（1）罗宾·戴（Robin Day, 1915—2010），"二战"后英国最具影响力的家具设计师之一。
（2）艾略特·诺耶斯（Eliot Noyes, 1910—1977），美国著名建筑师和工业设计师，曾任IBM设计总监。

关于现代餐具的设计

用一句话总结现代餐具的设计，可以说是转向了以功能性设计为中心。尽管依据时代不同，在感觉上多少会有些细微的差别。最近虽然出现了"激进设计"[1]这种与功能主义完全相反的颇为前卫的设计趋势，但说到底也只是功能主义的反命题。在当今这个机械时代，已经无法忽视或否定设计的功能性。

碗盘在设计上不仅要便于取用其中的食物，还需要具备让食物看起来更加美味的功能。如果碗盘上有图案，就会把人的目光吸引过去，削弱食物的存在感。换句话说，碗盘的设计必须要衬托食物。食物是主体，碗盘只是配角，处处都应保持谦逊、低调、朴实。

除了图案之外，有时在盘子边缘和碗的把手上还会有浮雕装饰，这些凹凸不平的地方会令手或嘴在接触时感到不快，还有难以清洗的缺点。而且这些浮雕也会夺取人的视线，对食物起妨碍作用，在功能性上减分。这样来看，好的设计就是尽量遵循功能，便于使用，外形简洁优美的设计。至于颜色，为了实现衬托食物的目的，自然而然定为了白色素面。

白色素面的餐具出现在日本是在"二战"后不久，而在西欧，则在包豪斯主导的现代设计活动中就已出现，大约是在1920年。就在那一时期，现代建筑泰斗——勒·柯布西耶在他的著作《现代装饰》中指出"在当今的时代，没有装饰才是真的装饰"。在那之后，那时还是在包豪斯就学的一名年轻学生的华根菲尔德[2]等人陆续发表了追求功能性的纯白陶瓷器

的名作。

在一切都被战争破坏，连一根钉子都没有剩下的情况之下，从战场回到日本的我想着至少还有土，不如就用陶瓷器来制造餐具。我从沉没的舰艇中打捞出石炭作为燃料，费力制作出了一批纯白素面的餐具。我还记得当我把这些餐具拿到百货公司时，被以"上面没有任何图案，只能算是半成品"为由，干脆地拒绝了。在大约五年后，市场上陆续开始流行白色素面的餐具。然而这件事之后，我开始强烈怀疑，无情的商业主义是否能理解创造的价值。

一般人或许会认为白色素面的餐具省去了加上花纹的工序，所以成本也会相应变低。然而有趣的是实际情况正好相反，白色素面的餐具造价更高。因为白色素面的餐具上只要有一点杂质（铁粉），都会十分显眼，而加上图案则能掩饰杂质，即使品质稍差（铁粉较多）也看不出来，所以有图案的餐具反而更加便宜。如果不添加图案，就必须使用良好的坯。而想提高坯的品质，就必须使用优质的材料。可以说好的材料（陶土）才适合正确的设计。

白色素面的重点并不在于是否容许铁粉的存在，而在于白色本身。使用机械生产的纯白色制品大致有两种，根据材质不同，分为瓷器制品和硬质陶器制品。瓷器是半透明的白色，冰冷纤细，同时有种轻快的感觉。而硬质陶器则是不透明的白色，显得温暖厚重。可以说前者具有丝绸的优点，后者具有棉质的优点。其他纯白色制品还有骨瓷，会呈现出温暖柔和的乳白色，是一种在瓷器的材料中混入骨粉的高级优质材料，缺点是价格略昂贵。此外还有半瓷器、软质陶器等，都有各自的特性。根据材料的不同，设计自然也会发生变化。

　　纯白色餐具经常被看作最为现代化的产品，也经常被列举为好设计。然而只看餐具本身，纯色的产品实在过于单调，因此我其实也尝试过在上面加上图案，虽然有极少数作品成功，但能顺利实现的少之又少。说到底，图案属于手工艺的范畴，而机械制品终究要追求机械制品的优点，所以结果恐怕还是会以去除图案告终。"机器会摒弃所有赘余，自然也会蔑视装饰性的各种要素"，柯布西耶的话可以说指出了机械制品的一大特性。

　　当然，如今有图案的餐具占了大多数，素色餐具很少。然而那些图案都是商业主义的恶果，是颇为低级的设计。在崇尚商业主义的今日，设计那些图案的目的之一是掩饰铁粉。为了加快商品的周转流通，在商品上大肆添加华丽的流行图案；为了刺激购买欲，采用刺激视觉的设计；又或是为了卖出高价，把外观设计得无比奢华等。这些商业主义的恶之花正在粗暴地侵蚀着当今社会的市民生活。机械物品必须在一定程度上大量生产，而大量生产就必须依托商业。在经济发展中，必须不断提升增长率，进而必须使人们浪费。设计也以浪费为目的，以让人丢弃为目的。当今的工业设计师被迫卷入这一过程中，不得不说是场悲剧。

　　如今的机械比起致力于量产，更应该致力于提升质量。当然，不是说量产形式本身不好，而是被商业利用这点不好。也不是说商业本身不好，只有那些为自己的眼前利益而不择手段，无视人类真正的利益，以及浪费地球有限的宝贵资源的行为才是罪恶的。虽然为数甚少，但世上还有优秀的企业存在。例如，德国的卢臣泰公司（Rosenthal）生产的瓷器，无论是品质还是设计都属上乘。他们从全世界挑选了塔皮奥·维尔卡拉[3]等优秀设计师，以企业的文化价值为傲，同时维持着出色的经营。虽然很遗憾，但目前看来日本还没有这种企业。大多企业只知道拼命地促进人们浪费，一味追求经济增长。说到底，就现在的社会形势来看，想从量产中诞生好的设计也许是很难的事情。"小而美"（Small is beautiful）也许正反映了这一困境。无论如何，如今的社会现状与"设计是为了万人"这句话有很大的矛盾。

在当今的机械时代，机械产品已经成为主流，这点无法否认。然而，如今很多人对机械产品的冰冷、乏味、廉价开始感到厌烦，转而在生活中追求更有人情味、更温暖的手工艺品。近年来手工艺设计逐渐风行，想必也是这个缘故。而且手工艺品只进行少量生产，可以实现有良心的设计。另一方面，传统的民间陶瓷器艺术之所以会变得流行，应该也是出于同样的理由。当然，将传统民艺陶瓷器直接套用在新的生活形态中难免会有不便，所以需要利用传统的技术，实现新的手工艺设计。然而，日本人普遍认为陶瓷器应由艺术家创作，是艺术品，很少拿来使用，这点令人意外。斯堪的纳维亚的手工艺陶瓷器设计水平极高，日本虽然被称为陶器之国，但在手工艺设计上，目前只能说远远落后于斯堪的纳维亚。

今日的手工艺设计之所以诞生，是因为机械产品成为我们生活的主流，也就是说，它为了弥补机械产品的欠缺而生。说到底，手工艺品终究不过是机械制品的辅助角色。从这点来看，今日的手工艺设计与从前手工艺时代的手工艺设计，存在的意义完全不同。

　　为了反抗当今那些强调功能性的"好设计",激进设计开始盛行。激进即为前卫。以往的机械产品在设计上都注重功能性,只是盛放的食物的陪衬,但若单将餐具本身视为主体,就会显得过于单调,缺乏自主性。这种想法或许也有一定的道理。于是便出现了在餐具上涂上大红唇,或是桃红色、黄色等鲜艳的颜色,或是制作成奇特的引人注目的形状的激进设计。然而这种特殊的设计很难在生活中实际运用,也很难实现量产,所以这种激进的设计表现最适合的发展方向就是极少量生产,或是以手工艺制作的孤品。发达国家的手工艺品之所以大多数都是前卫设计,就是这个原因。这种极端偏激的自由表现已经把用途视为阻碍,无视用途。然而这样一来,作为艺术作品固然有趣,但已经称不上是手工艺或工艺品,而和纯粹的前卫艺术同化了。到了这个地步,激进设计本身也就走到了尽头。

(1982)

---

(1) 激进设计(radical design),20世纪六七十年代在意大利出现的一场设计运动,一批年轻设计师对战后的消费主义风潮感到幻灭,质疑工业与设计的结合,反对功能主义的僵化教条,将华而不实的装饰元素组合在一起,以"坏品位"反抗当时主流的"好设计"。代表设计团体如"Superstudio""Archizoom"和"Gruppo 9999"等。
(2) 威廉·华根菲尔德(Wilhelm Wagenfeld, 1900—1990),德国著名设计师,主要从事家具、玻璃和陶瓷器皿设计等。
(3) 塔皮奥·维尔卡拉(Tapio Wirkkala, 1915—1985),芬兰设计师兼雕塑家,被认为是芬兰工业艺术领域的领军人物,代表作如为伊塔拉(iittala)设计的"极冻(Ultima Thule)"系列酒杯,为卢臣泰设计的纸袋花瓶等。

蝴蝶凳

　　我在战后不久开设事务所并从事设计工作，那时日本在经济上很困难。日本政府为了打破僵局，试图尽一切办法令日本更有活力，便把我们这批设计师送到了美国，让我们观摩并学习美国的各种技术。那时的我拜访了现代设计大师查尔斯·伊姆斯，在他家，我看到了由弯曲加工的三合板制作而成的足套。听说这是战争时为了保护美国士兵受伤的脚而制作的产品。伊姆斯运用这项技术，设计出了著名的伊姆斯椅。我记得自己当时震惊于这项技术，然而回到日本后却不知道该做些什么才好。于是我自娱自乐地把塑胶板加热折弯，尝试着塑造出各种形状。当时并没有特别想要设计椅子，只是想试着弯曲塑胶板，看看能做出什么，就这样持续了两三年。一开始完全不确定是否能做出椅子，但做着做着，我开始觉得也许能够造出一把椅子，便逐渐形成了蝴蝶凳的形态构想。然而，由于这是从未见过的全新形态，没有一家工厂有兴趣试着制造。后来在仙台，有家叫工艺试验所的机构的技术人员看到蝴蝶凳的方案后，表示了非常浓厚的兴趣。他对伊姆斯使用的由高频波成形技术制作的三合板也很有兴趣，曾专门研究过。

　　说到底，在当今这种科学极速发展的时代，设计师无法独自一人完成设计，必定需要技术人员的协助。在设计这款蝴蝶凳时，我从试验所的技术人员乾三郎先生那里学到了很多知识，才逐渐确定了设计的形态。在凳子的形态确定之后，

就要决定生产工厂，然而在哪里都找不到愿意生产这款前所未有的怪凳子的工厂。最终姑且还是做出来了试作，拿到意大利的著名国际设计展（米兰三年展）参展，结果意外地获得了金奖。这件事上新闻后一下子出了名，便有两三家工厂表示愿意生产这款凳子，天童木工就是其中的一家，还特意把乾先生从工艺试验所挖了过来，负责这款凳子的制作。

蝴蝶凳使用的三合板需要将厚度约为1毫米的几片单板用黏合剂粘在一起，再用高频波加压成形。之后将压成"フ"字形的三合板用两个螺丝钉背靠背连在一起，再用一根撑条连接，使椅脚不会分开，构造非常简单。

起初我在设计这款蝴蝶凳时考虑的是在日式住宅的榻榻米上的生活。为了不损坏榻榻米，我把凳脚与榻榻米接触的部分削平，令左右接触榻榻米的部分成为两条细长的线形。然而最近，人们很少在榻榻米上生活，所以我便把原本为了保护榻榻米而削平的凳脚底部的中间稍稍挖去了一些，变成了现在的四点接触地面的样式。

直到不久之前，这款蝴蝶凳还只在日本的天童木工工厂制造，如今在欧洲也有制造，而且一下子在欧洲、美国传开，又因被世界各国的美术馆收藏而出了名。没想到我设计的蝴蝶凳居然会传到世界，至今我仍对此满怀感激。

（2000）

横滨地铁中的设施设计

在横滨地铁新开设之际,我接受了对其中各项器具及设备进行设计的委托,包括自动检票机(由于时间赶不上,应该会从下一站开始设置)、售票机、精算机、商店、电话亭、消防栓、时钟、长椅、靠背栏杆、垃圾桶、吸烟亭,以及广告灯箱等。

地铁站的设施设计必须遵循地铁的整体设计,也就是必须作为整体中的一环来考虑。为了确立整体的设计原则,市政府成立了设计专门委员会,由横滨国立大学建筑科的河合正一教授担任委员长,吉原慎一郎担任建筑委员,栗津洁先生负责整体色彩,GK 设计集团的荣久庵宪司先生负责标识和车体,而我则是器具及其他设备的负责委员。

像这样委托专家来设计,在日本的地铁或交通机构中恐怕是第一次。这离不开横滨市飞鸟田市长的深刻理解,以及担任智囊的策划调整室的田村、鸣海两位部长的大力支持。众所周知,地铁的规划需要与现今的各种交通设施进行有机关联,包括汽车、高速公路、铁路、公交,以及被称为未来的交通设施的 PRT(Personal Rapid Transport)等,要从未来城市规划的宏观角度来考虑。另一个需要深入思考的重点是,横滨市在日本各城市中的定位。从这些角度出发,作为一名设计师,我非常希望从地铁规划的最初阶段就参与其中。委员会在两年前成立,在我参与设计时,地铁站的基本设计已经完成。一般来说,地铁站的天花板高度较低,会给人以沉重的感觉,

而横滨地铁站更是只有2.5米高,是地铁站中天花板最为低矮的,这对设施的整体设计产生了很大的影响。空间和时间的限制使这次的设施设计尤为艰难。而由于政府机关的手续繁杂,设计工作经常陷入停滞状态,并且他们对设计过程中的制作、试验工序缺乏理解,所以实际的作业时间非常短,总体来说只能一局决胜负,这让我感到十分遗憾。我经常认为工业设计不仅是吸引人眼球的设计,如果没有富有创新的构想,那就毫无价值。而富有创新的构想自然需要靠多次脚踏实地的试验才能实现。

在委员会里引起最大争议的问题就是,是否要在站台上设置广告。其实在站台不设置任何商业广告是最为理想的。就连最崇尚商业主义的美国,最近也意识到了广告对环境的危害,不设置任何广告的站台越来越多。例如,旧金山有名的湾区捷运系统(Bay Area Rapid Transit),便没有设置任何广告,令人感到清爽洁净。实际上,先不管私营的铁道公司,对于国营铁道公司为什么会允许设置广告这点,我感到十分疑惑。

在这一点上,我十分佩服完全不设置广告的新干线。起初,委托方希望我设计出尽量能加入大面积广告的垃圾桶和吸烟亭,这令我非常为难。他们这样要求仅仅是因为有赞助商之后就能获得资金援助,还可以让赞助商负责清扫。但这样一来,就不知道垃圾桶到底是为了扔垃圾而存在,还是为了登载广告而存在了,对此我表示坚决反对。

然而,由于地铁采取的是独立财务测算制,没有广告收入便无法维持运营,所以横滨市强烈希望能多少登载一些广告。既然要登,我决定干脆加入一些变化,让乘客能享受视觉上的乐趣。举例来说，以往的方方正正的灯箱广告实在太过平凡，不如让每个车站都有不同的形状，来表达车站的个性。又比如海报的张贴方法，可以在每站有不同的变化等。虽然我提出了很多方案，但最终实现的只有一小部分。

  在这次的工作中，面对利益至上主义的品牌商和官僚主义的政府机关，我们尽可能地提出了最大限度的任性要求。如果能让这些人对设计师的工作稍微有了一些了解，我觉得就是十分有意义的事。这样看来，我想向给予我这次机会的横滨市表示诚挚的感谢。

（1973）

天桥与城市之美

一走出大阪车站，眼前便会出现一座丑陋而巨大的天桥，给人以强烈的压迫感，加上桥上密密麻麻来回穿行的人群，可以说正是现代日本的缩影。看着这廉价杂乱的日本一景，觉得寒碜的难道只有我一个人吗？

为了减少行人的交通事故，东京都在短暂的时间内建设了许多的天桥，用意当然是好的，然而建设的天桥全都严重破坏了城市的美观，令人难以恭维。我甚至开始对天桥的存在抱有恨意，觉得这么丑陋的东西，不如从世界上消失算了。

说到底，仔细想想，也许没有天桥才是对的。既然道路分成车道与人行道，如果从一开始就用心规划城市的立体交通，根本就不需要另外建设天桥。然而，这需要在巴西利亚（巴西的新首都）或昌迪加尔（印度昌迪加尔州的首府）那种空无一物的处女地上重新打造一个城市，才有可能做到。城市规划的最大课题就是尽管困难，却要设法改善眼前已有的城市。因此，天桥可以说是化解当前交通系统矛盾的手段之一（抑或只是权宜之计？）。

人类经常会受伤。虽然毫发无伤是人类的健全姿态，然而，佛家有云"有为转变[1]"，无常才是这个世间的惯例，特别是随着现代科学文明的到来，不受伤反倒成了怪事。其实天桥就像是在伤口上贴的创可贴，本来也不是为了美观存在。但既然世界上有了创可贴，就要把创可贴设计得尽量美观才行。

纵观外国的天桥，要比日本的好太多，无论在哪里，都不会出现那种令人感到沉重的压迫感的天桥。在瑞典、德国等地，天桥本身就干练优美，甚至自成一景。

日本的天桥仍未经过设计，这是事实。当今那些一味追求外形的工业设计师，面对必须经过结构力学计算的桥梁等项目，恐怕会觉得无从下手。而那些相对而言精于计算的建筑家们，却只沉迷于建造纪念碑之类能赚大钱的华丽项目，从天桥这种低收益的工程中无法感觉到丝毫的乐趣。此外，政府机关还非常会砍价，我曾听说有制造商被迫只能打造廉价工程。无论如何，从结构力学的角度来说，那么丑陋的天桥怎么看也不像是深入思考的结果。如果在结构力学上有严格的追求，相信成果也不会那么丑陋。

针对上述这些问题，我埋头研究了两年，有幸在赞助商八幡制铁的支持下，将成果汇为"天桥规划方案展"，在松屋举办的设计美术展中展出。我一共提出了约十种在不同地形条件假设下的天桥的基本规划方案。

后页下图便是其中一例"环状桥"。这座桥并不是单纯在直线上连接桥柱的结构体，而是将圆环本身也视为刚体。环形桥桁由钢管组成的立体桁架构成，不仅轻便，还具有优秀的截面性能。在形态上，任何位置都可以加上楼梯，所以不仅适用于十字路口，也适用于其他交叉路口。考虑到设置在市区的情况，尽量将四组附属楼梯占用的空间缩小，并设计成攀爬轻松、富有乐趣的形态。

其他方案都是一些基本构想，在结合实际运用时，当然还需要配合各地的地形和景观进行深入设计，用电脑进行模拟设置。若想让这种不影响景观，准确说是让景观变得更生

设计诞生的瞬间 83

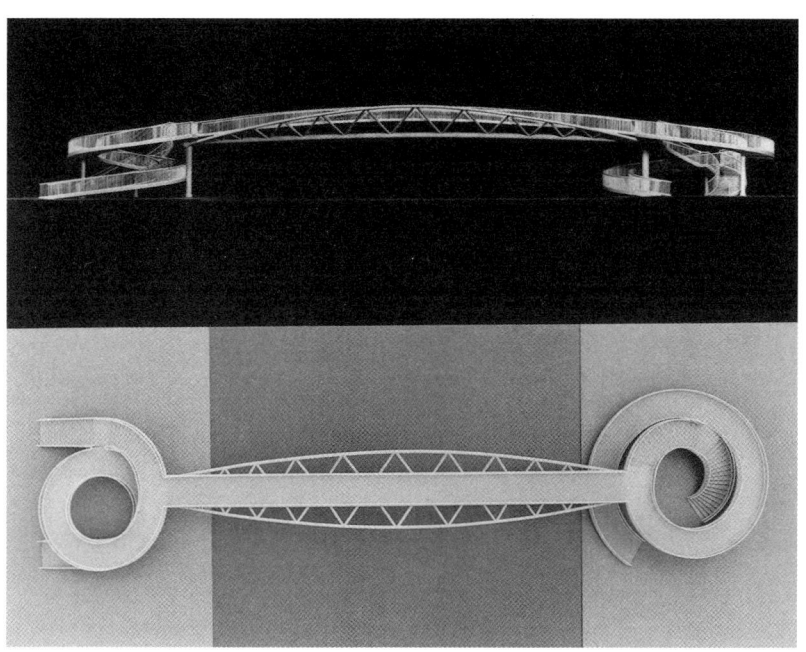

动的天桥真正出现在生活中,还需要各方人士的理解与大力支持。

(1968)

---

(1)佛学用语,"世上一切事物,皆无常住不变之固定实体,一切既由因缘而生,又随因缘而灭,此种具有生灭变化之现象,称为有为转变"。

高速公路的设计

　　大约三十年前,我受国际设计会议的邀请,第一次前往美国。我现在仍记得自己当年看到美国的车道和巨大的吊桥时有多么的激动。当时,在日本第一次出现了连接东京和横滨的汽车专用道"户塚道路",但东海道和其他地区的干线道路几乎都还是土石路。直到 1956 年日本道路公团成立,开始了名神高速公路的建设。此后又成立了高速公路景观的研究调查会,我有幸成为其中一员,学习了很多道路景观的知识。当时的道路协会会长名叫菊地,非常热心,很好相处,协会中也都是刚从大学毕业的充满热情的人。但后来菊地会长变成了股长、科长,还升到了局长,最后飞黄腾达,离开了协会。如今的调查会已经不怎么活跃了,实在很令人遗憾。

　　在美浓部亮吉担任东京都知事时期,曾经为行人的安全建设了许多天桥。由于建设费用被政府机关严格限制,建筑公司普遍没什么兴趣。据说政府和各个建筑公司达成了协议,采取轮流承接制,再通过给建筑公司发包其他工程,来弥补建筑公司的亏损。出于这个原因,天桥成了应付了事的工程,最后变成廉价且严重污染城市面貌的设施。"天桥是必要之恶"的言论也是出自那个时期。而我怀着必须设法挽救这种丑恶的侠义之心,开始着手设计天桥。幸好得到了八幡制铁的支持,得以举办了那场设计方案展览,获得了不小的反响。虽然我的设计本身很难实现,但似乎出现了很多仿效我的方案的案例。至于将我的设计忠实再现的,就是大阪樟叶新城和横滨野毛山公园前面的天桥。樟叶新城有京阪电铁的赞助，负责人也充分理解我的设计，虽然天桥的规模不大，但按我的构思落实了设计。而横滨市当时的飞鸟田市长的智囊之一田村先生本身就是一名非常优秀的城市规划研究者，由他担任制作负责人，令我能依照自己的想法去做。也多亏有了他，让我能充分利用横滨市营地铁的所有机器设备，对此我深表感谢。

　　无论设计师多优秀，如果没有好的制作负责人，设计就不可能诞生，甚至可能失去生命。至今为止我承接过很多企业和政府机关的委托，真正杰出的制作负责人少之又少。好的制作负责人首先必须学识丰富，要有独到的眼光，还要具备判断力及执行力。社会上的设计师数不胜数，素质良莠不齐。制作负责人必须有能力鉴别出优秀的设计师。就这一点来说，意大利好利获得公司（Olivetti S.p.A.）的第二代社长阿德里亚诺·奥利韦蒂（Adriano Olivetti）就是一名出色的制作负责人。他发掘了当时还名不见经传的马赛罗·尼佐利[1]、吉欧凡尼·宾德里[2]等著名设计师。负责制定IBM的设计准则的艾略特·诺耶斯也是一名优秀的制作负责人，陆续采用了许多有能力的设计师。一般说来，优秀的制作负责人一旦对设计师发出委托，便会彻底信任那名设计师，最大限度地给予支持，好让设计师把能力发挥得淋漓尽致。反过来说，越是没有品位的人，越喜欢对设计指手画脚。对于一件优秀的设计作品来说，直接设计者固然值得敬佩，但不得不说，更厉害的是那些善用设计师的制作负责人。

　　"二战"后急速成长的产业，例如家电和汽车产业，虽然发展势头惊人，然而其中很多人只顾着赚钱，既没有学识也没有品位，令人遗憾。他们对眼前的利益极其敏锐，想令包括设计在内的一切都受自己支配，也就是染上了商业主义的性格。在极端的情况下，他们会要求设计师设计的商品，外表华丽且引人注目、高端大气、走在流行前沿，能令顾客争先抢购，同时又容易令人厌倦，好加快商品的周转速度。

之前我也提到，当我第一次来到商业主义的大本营美国时，觉得美国的大众文化都很肤浅，也就是所谓的"油漆文化""罐头文化"。然而，在看到汽车车道与大型桥梁之后，我认为这才是美国文化值得骄傲的伟大之处。作为公共建筑，这些设施十分严肃，没有一丝商业主义介入的余地。汽车车道设计的绝对条件便是让汽车能够安全地高速行驶，通过纯粹的为功能服务的理念，呈现出真诚优美的形态。而吊桥则以能够承载长跨度为条件，在结构上省略了一切多余的部分，呈现出纯粹的形态。这些结构虽然动用了科学技术，呈现出与自然形成鲜明对比的值得骄傲的人工形态，但也衬托出了自然景观之美，而自然环境也凸显了这些人工结构之美，可以说实现了科学与自然在现代的巧妙融合。我之所以会对道路和连廊等设计产生兴趣，也是因为在这一点上感受到了设计的意义。当然，在道路公团工作的年轻人想必也是对未来的公共设施抱有梦想才来的，然而在实际踏入这个领域之后，就会发现到处都有各种困难和矛盾。

另外，在平原或森林等自然环境中铺设道路时，就算需要考虑景观的问题，从形态来看也不会太困难。但要在都市中建造高速公路，就免不了遇到各种难题。尤其是噪音及排放尾气的问题，需要在道路两侧加装隔音墙来应对。这样一来，驾驶人在路上开着车子，就像行驶在北海道网走监狱高墙下的狭窄通道中一般，还要忍受噪音和尾气，心情自然不会太好。从道路外侧看过去，架设在都市中的高速公路完全遮蔽了视野，尤其是道路下方的桥柱既复杂又丑陋，随处都是现代文明的地狱图般的景象。曾经有位发展中国家的道路相关人员在视察东京都的高速公路时，被眼前的丑恶吓了一跳，他说一想到自己国家也将出现这样的景象，就感到不寒而栗。

据说日本当初建造高速公路时，还特地从无限速高速公路（Autobahn）之国德国请来了技师指导。那时的高速公路在自然环境中呈现出鲜明简洁的外形，想必所有人都深信日本也将正式迈入美好的汽车时代。然而二十五年之后，这位德国技师再次来到日本，看到当年自己指导设计的高速公路各段都立着隔音墙，那丑陋的景象让他大失所望。现在的隔音墙似乎和曾经的天桥一样，被视为"必要之恶"。当然，通过设计或栽种植物，可以多少减轻丑陋的程度。

立在东名高速公路出入口，也就是川崎交流道处的那面巨大隔音墙，是由我负责设计的。起初在设置那个出入口时，附近还没什么居民，自然也没想到要装设隔音墙。然而，当车辆开始频繁出入，周边的地价越来越便宜之后，许多住宅开发商都看准了这片土地，纷纷来到这里建房。随着车辆的往来越来越频繁，居民无法忍受汽车的噪音与尾气，开始强硬要求当局提出对策。我便在极其恶劣的条件下接受了道路公团的委托，研究能够改善现况的设计。

首先，我想到的是不用设置隔音墙的改善方式，也就是将出入口退到多摩川，在多摩川上架一座宽桥，把出入口移到那边，这样就不需要设置隔音墙了。我先提出了这个方案，但果然惨遭否决。公团这个庞大的组织隶属于政府机关，就是为了保存颜面，也绝对无法接受将已建成的设施拆掉重建。反过来仔细想想，东名高速公路跨越多摩川，直接通往东京，以东名为终点，这真的不是一个好的道路网规划方案。由于东名高速公路直接与东京的高速公路连接，不仅所有人都得经由这条道路进入巨大的东京，就连前往东北、千叶方向的人也要通过这条狭窄的都内高速公路，这自然会造成大拥堵。像东名这种主要干线的高速公路，最好在离都市较远的地方就开始铺设迂回道路，再从迂回道路的各个方向接入尽可能多的通往其他城市的高速公路。当然，迂回道路也可以绕开东京，直接与中央高速公路、东北高速公路或通往千叶方向的高速公路连接。

　　川崎交流道上车流量惊人，为了满足出入口附近居民的要求，必须打造一座难以想象的巨大的隔音墙。如果按以往的隔音墙形态，根据常理计算，大概需要高15米、长500米的尺寸才行。但建起如此巨大的隔音墙，驾乘者会有什么样的感受呢？从外侧来看，如此巨大的隔音墙又会对周围的景观造成什么样的危害呢？为了解决这些问题，我思考了各种各样的方案，终于确定成现在这个形态。虽然过程中有些曲折，但幸好有工程负责人的热心协助，最终的设计大抵也算是依照我的想法实现，特别是地位最高的总裁也对此表现出了热忱，令我十分感激。在这道隔音墙完成之后，周边公寓的住户对于几近完美的隔音效果和在景观上的处理也都相当满意，先前低廉的地价也一下子上涨了。虽然令人啼笑皆非，却也

是事实。

没有一丝商业色彩介入的道路与桥梁的设计,是非常有意义的工作,但由于处在政府机关的庞大组织中,动不动就会冲撞到官僚主义的壁垒。尤其是在当局负责人秉持着多一事不如少一事的态度,逃避责任又没有魄力时,手续就会变得很复杂,导致工作进度停滞,事情难以解决。曾经有一个绕行道路的设计案子找到我,我提出了好几个方案,却几乎都遭到否决。特别是现场的最高负责人对设计没什么兴趣,甚至觉得很麻烦。在做这个案子的期间,我时不时会听到他说"恐怕会有其他影响"这句奇怪的话。他的意思是,如果这个案子落地,其他地方也会要求同样的设计,会在资金方面给当局造成困扰。当然,设计与经费如何取得平衡也是个问题,但一些明显不用花太多经费也没被采纳的好提案,只能说是毁在了官僚主义的多一事不如少一事的心态上。

接下来我想顺便谈一谈本州四国联络桥。像本州四国联络桥这样庞大的规划,可以说世上绝无仅有,这项工程自然也受到了全世界的瞩目。目前全球的大型吊桥有 11 座,其中横跨明石海峡的大桥的跨度更长达 1780 米,总跨度比过去跨度最长的英国亨伯桥(Humber Bridge,1410 米)还多了 370 米,是座非常优秀的桥梁。而这座世界罕见的规模巨大的工程,预算自然也相当惊人,是只有在经济急速增长期才能实现的预算。然而,在约 400 千米的距离中居然开设了三条线路[3],不禁让人感到其中有政治考量介入。众所周知,当初新干线之所以会在名古屋和大阪之间绕了个弯,在偏僻的岐阜县羽岛市设站，也是因为大野伴睦的政治介入[4]。不用说，这种行为令国民蒙受了极大的损失。对于政府的工作来说，绝对不能允许握有权力的政治人物只为了某个地区的利益为所欲为。至少对于本州四国联络桥来说，其实只要有两条线路就已足够。而且现在，这三条线路的工程还在同时缓慢并行，为什么不先集中打造一条呢？据说为了偿还庞大的建设经费，还需要在每条线路通车之后收取过路费来还债。然而这更令人匪夷所思，毕竟如果不集中建设一条道路，所有道路建成开通的时间只会越来越后延，债务只会越积越多。针对这件事我曾多次提出意见，答案却永远是"这是为了地区的发展"。所谓的地区，指的好像是线路沿途的小岛。即使的确有开发这些小岛的必要，难道不也要等道路全线开通才能开发吗？

接下来我想说的是，其中两条线路兼备机动车道与铁道的问题。这方面一个好的例子便是青函隧道，好不容易才开通，却已经没有存在的必要。[5]就算需要铁道，只留下一条就已足够。尤其是对于长跨度大桥来说，如果要架设铁道，构造必须极为坚固，桥体自然会变得十分粗壮，还会耗费更多成本。幸好现在才刚搭建几处，希望有关部门能认真地考虑这个问题。

在设计上当然也有许多需要花费心思和改良的地方，例如斜拉桥的桥塔，从结构计算来看，这座桥塔在视觉上有点过粗。在确保安全度的结构计算下，应该还可以花点心思，使设计出的外形看起来更加纤细。我提出这个看法后，得到的回答是不必要地做细可能会影响强度。对方指的似乎是塔科马海峡吊桥[6]的危险例子，然而我并不是那个意思。我的意思是在确保安全性的强度下，设计应该让桥梁更加精致纤细。

这种需要架设多座巨大桥梁的工程，对于实现现代科学技术的进步是难得的机会。在打造这座长跨度大桥的期间，科技也在以惊人的速度发展，这些进步势必也会为设计带来变化。至于这些进步的变化有没有体现在这座长跨度大桥上，就我个人的观察，虽然在工程技术上的确有变化，但在设计上几乎没有展现。

近二十年前，在东京塔完工时，设计师曾经非常自信地声称由于科技进步，无论在结构还是设计上，东京塔都比一百年前的埃菲尔铁塔更加优越。然而，东京塔的外形怎么看都只像是在模仿埃菲尔铁塔，从设计上实在看不出有哪里优越。而刚好在同一时期，莱昂哈特在斯图加特打造出了前所未有的具有革新意义的管状电视塔，十分精彩。同样的道理，在本州四国联络桥的设计停滞不前时，外国的长跨度大桥未必不会出现前所未有的优秀设计。

凡是与设计有关的事，只要有政府部门直接插手，都不会顺利。就算政府没有直接插手，改为委托建设公司的设计师，也未必就能顺利。像这种属于公共设施建设，且规模庞大的案子，应该要对全世界开放，进行竞标才对。最近有一座连接西西里岛和意大利本土，跨度长达 3000 米的大桥，便采取了国际设计竞标的方式，最后由一名英国设计师中标。日本建筑界经常采取公开竞标的方式，但至今还没听过对全球开放的案例，至于跟土木工程相关的案子更是闻所未闻。为了日本文化，以及人类文明的进步，希望日本的设计今后也能采取国际竞标的方式。本州四国联络桥目前的施工进度还不到三分之一,还不算太晚。关于这件事,我在几年前就在报纸上发表过文章,但当局始终保持沉默,仿佛认为只要不被牵扯进去,就不会招来祸事。

希望以上这些意见能对高速公路的建设起到参考作用。

(1984)

(1)马赛罗·尼佐利(Marcello Nizzoli,1887—1969),意大利艺术家兼工业设计师,代表作是1950年的Lettera 22便携式打字机。
(2)吉欧凡尼·宾德里(Giovanni Pintori,1912—1999),意大利平面设计师,以为好利获得公司提供海报设计闻名。
(3)本州四国联络桥一共有三条线路,跨越濑户内海,连接本州与四国。分别是东线的神户—鸣门通道(明石海峡大桥·大鸣门桥)、中线的儿岛—坂出通道(濑户大桥)和西线的尾道—今治通道(濑户内岛波海道),三线分别于1998年、1988年、1999年全线开通。
(4)东海道新干线名古屋以西的线路原计划取道关原,通过岐阜县但不设站。时任岐阜县知事松野幸泰试图争取新干线在县内设站,但若设站在县内大城市岐阜市或大垣市,绕行过远,遭到国铁方面反对。于是松野请岐阜出身的众议院议员大野伴睦出面与国铁协调,最终定为绕行羽岛设站。因此羽岛被称为"政治车站",它也是岐阜县内唯一的新干线车站,如今站前广场还设有大野伴睦夫妇的雕像。
(5)青函隧道是联络北海道与本州的海底铁路隧道,建设构想最早在20世纪20年代就已提出,但直到1954年青函航路因台风出现1000余人死亡的事故,建设计划才重新启动。此后经历漫长的勘探、试验,于1961年动工,直至本文写作的1984年才公布隧道将于1987年全线通车。但此时本州与北海道已有多条航空运输线路,陆路货运实力下降,隧道本身建设即花去近7500亿日元,建成后仍需要抽水维护。1987年,负责运输、邮政审计的官员也揶揄青函隧道是既无用又费钱的"昭和三大蠢事"之一。
(6)位于美国华盛顿州,1940年建成的第一代吊桥通车数星期后桥体便开始摆动,三个月后即坍塌。该桥建设时为节省成本,选择了桥面厚度较小的设计方案,轻薄的桥面与气流共振引发摇摆,最终导致坍塌。

新工艺·有生命的工艺

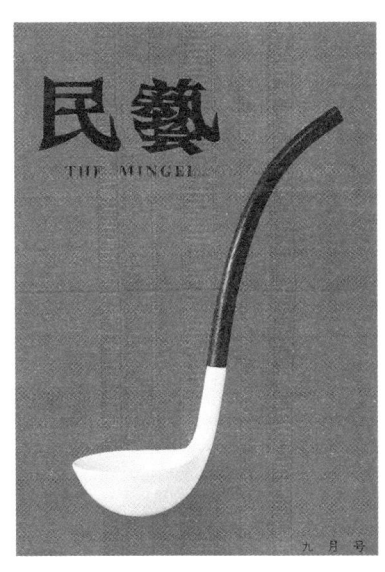

新工艺（1984—1986）

01 塑胶制胡椒研磨罐

这是一个非常便于使用的胡椒研磨罐。只要一只手拿着圆筒下方，另一只手轻轻抓住较宽的上部，左右交互旋转，磨好的胡椒就会"哗啦啦"地从下方出来。装入胡椒粒时，从上方内侧可以看到盖子里有两个相对的扇形凹槽，把手指插进凹槽中，向左转九十度把盖子松开，通过下方罐体内部的开口，就可以简单地把胡椒粒倒进去。倒好之后，再将盖子向右转九十度扭紧，洞口就会自动关闭。颜色有黑白两色，形状是只有塑胶才能呈现出的干净温暖的形状。这个胡椒研磨罐是我约二十年前在丹麦买的，至今仍是我家餐桌上的常用品。可惜的是，这个胡椒研磨罐没过多久就从市场上消失了。或许真正的好东西在现代社会里终究很难生存下去。现在的生活用品几乎都是机械产品，若不使机械产品变得更好，我们的将来自然也会失去希望。更何况即使是做机械产品，只要抱着民艺的心，也一定能做出很棒的产品。在接下来的每一期，我都会坚持借这个专栏发声，继续介绍这样的产品。

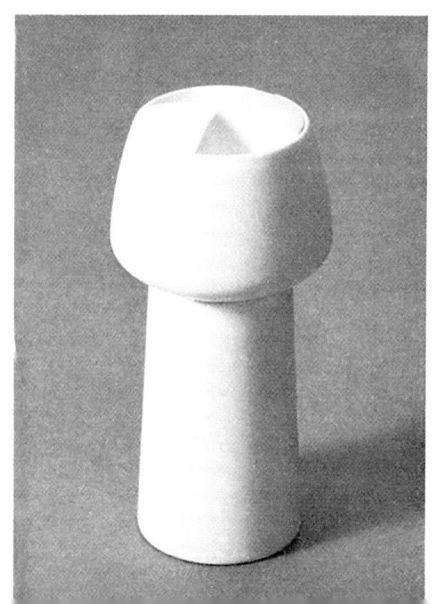

新工艺·有生命的工艺　97

❷ 珐琅铸铁锅

　　这个铸铁锅内侧为白色，外侧为黑色，锅身为略微隆起的方形，放在桌上非常稳定，又流露出一丝温暖。由于锅身被放在锅台上，上面附有用藤蔓缠绕的把手，可以不直接碰触热烫的锅身，带着锅台自由搬运。在把锅从烤箱中拿出时，在锅盖与锅身的连接处两侧有带孔的把手，只要把木棒状的钩子（未出现在图片中）插进孔里将锅抬起，再嵌入锅台就好。金属锅台配合锅底的形状，用铁丝做成圆环，并以藤蔓缠绕，还附上了以木旋工艺制作的柚木脚架。珐琅铸器大多都是批量生产，因此，我猜这个珐琅铸铁锅应该也是用金属模具制成，但它没有一丝机械产品的冰冷，反而因为被摆在手工艺风格的锅台上，产生了一种柔和温暖的感觉。手工产品也好，机械产品也罢，这个锅考虑到当今时代的新需求，采取了新的设计，既健全又气派，呈现出斯堪的纳维亚特有的传统样式。继承传统并不是把以前的事物原封不动地照搬。顺应环境的变化，真挚地打造产品，才是真正的继承传统，才能成为在当今时代依然富有生命力的民艺。

③ 博朗计算器

这是当今时代的一件优秀的生活必需品。即使处在这样的机械时代，即使是最需要保证精确性的产品，它不但没有流露出一丝机械的冰冷，反而还呈现出至少不逊于手工制品的温暖的人情味。它的数字与符号非常易于辨识，键盘的大小正适合用手指按动，略微隆起的形状手感很好，按键的间隔也设计得恰到好处，且配合功能设计成不同颜色，简洁明快的布局令人感到心情无比的舒畅。作为每天都要使用的生活必需品，这款计算器实在是令人爱不释手。机器本体与保护套（左）都采用了 ABS 黑色塑料（丙烯腈、丁二烯、苯乙烯共聚物）这种强韧又富有弹性的材质，触感非常柔软。不知是不是由于竞争过于激烈，计算器最近大多被设计成吸引人眼球的亮闪闪的造型，反而显得十分廉价。尤其是近来流行的太阳能计算器大多过于轻薄，显得十分简陋。这件产品在其中格外优秀，已经远远超越了手工艺品和机械产品的范畴，可以说是当今时代难得一见的值得信赖与夸耀的产品。（137mm×77mm×10mm）

04 威金森修枝剪

这是英国威金森公司生产的玫瑰花修枝剪。据说英国人的梦想便是开劳斯莱斯车,用登喜路烟斗抽烟,以及用威金森修枝剪修剪玫瑰。在质量方面,这无疑是一把最高品质的修枝剪。照片中,下方那把修枝剪的中间有个白色按钮,只要一按下去,内部的弹簧就会让握柄打开,要想合上握柄,只要用力握紧就行了。上方那把修枝剪的中央下部有个黑色的旋转钮,可以用来调整握柄的张开幅度,有三种幅度可供调节。无论是握柄的手感,还是弯曲的刀刃的咬合程度,无论是从功能还是物理性质来说,没有其他修枝剪能比威金森修枝剪考虑得更深入周到。这正是可以用一辈子的坚实可靠的产品。

大多数机械产品已经被商业主义同化,显得欠缺诚意。然而这把修枝剪却罕见地保有手工艺品的风格,可以说民艺精神正是通过这把修枝剪得以存活在现代社会之中。无论是手工制作还是机械生产,只要是好东西,我们就应该大方地予以认可。(长度:上图226mm,下图212mm)

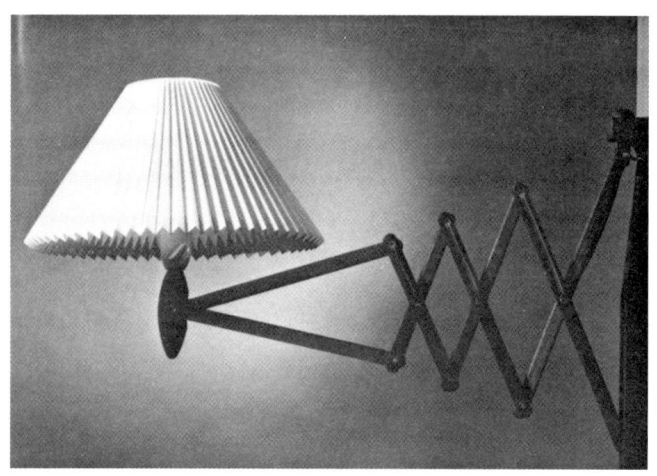

05 壁灯用灯罩

这是丹麦"Le Klint"公司生产的壁灯用灯罩。这盏壁灯能够自由伸缩，还可以改变朝向，非常方便。灯罩采用塑胶薄板制作，并且还做了涂层处理，不易脏污。除了图上的造型之外，还有其他各式造型，全都带有细腻的纵向折痕。这些以机械压制出来的折痕既精确又美丽，形成了洁净且带有暖意的外形。这盏壁灯的灯杆材质是柚木，因此具有手工艺品的温暖感觉，富有人情味。这款壁灯由"Le Klint"公司在战后不久推出，至今依然被视为最现代的设计，广受大众喜爱，也被全球诸多美术馆收藏。柳宗悦[1]也曾在战后首次访美之后带回搭配此款灯罩的灯具。在当前这混乱腐败，充斥着廉价品的世间，看见这盏壁灯仍旧散发着健康的气息，并为大众所用，可谓是一款前途有望，与未来的梦想相连接的产品，令我不胜欣喜。（灯罩高、宽各20cm，由壁面至灯罩的伸缩尺寸40cm—80cm，固定在壁面部分的零件长度40cm）

06 瓦格纳之椅

这是丹麦著名设计师汉斯·瓦格纳最近设计的椅子。他生长在制作木制家具的家庭中,耳濡目染地学会了木椅的制作方式,有长年的制作经验,会亲自挑拣木材,切割砍削,并进行打磨,因此做出的椅子极富手工艺风格。他的椅子不但坐起来舒服,还十分轻便,易于搬运,且非常结实。瓦格纳当然也会使用机器,但比起量产,他更重视通过最新的技术提升产品的质量。毕竟欧洲有悠久的制作椅子的历史,因此在产品品质上也比日本略胜一筹。这张椅子是为了现代生活而重新打造的产品,在创新之中,又保留了丹麦传统的质朴之美和略微隆起的线条,可以说这件作品里蕴含着鲜活的民艺精神。在日本民艺馆里也有一张日常使用的瓦格纳之椅,感兴趣的人可以来民艺馆鉴赏,等看到实物后自然就会明白。(高71cm×宽61cm)

07 白瓷四格方皿

这个分成四个方格的白瓷方皿十分方便,可以放些饼干或花生等零食,也可以用来放调味料。这件芬兰的产品采用了新的设计,以压铸法制作而成,拥有这种工艺自然形成的简洁明快的造型。四角锥凹槽的内侧形成四个尖角,整体造型非常安定。另外,还采取了没有任何图案的设计,展现出白瓷简洁清爽的样貌。纯色之美,尤其是纯白之美,可以说是最具现代感的表现。

在许多北欧的现代工艺品上都可以感觉到斯堪的纳维亚的传统风格,与此同时,北欧依旧能够持续不断地诞生新的优秀的作品,这点令人不得不佩服。正是创新,令传统大放异彩。我认为,像这样令传统绽放光芒的真正的创造,才是面向未来,将民艺精神正确地传承下去的最佳方式,不知各位意下如何?(长宽各23.8cm,高4cm)

08 咖啡壶

将滤纸卷成漏斗状,插进以耐热玻璃制成的咖啡壶上方,向其中倒入研磨好的咖啡粉,注入热水,过滤出的咖啡便会滴到下方的壶内。据说这种方式是咖啡爱好者公认最美味的冲泡方法。这个咖啡壶在中间细部套上了半个以木旋工艺制成的木环,又绑了一条皮绳固定,这么一来,当把咖啡倒进杯中时,手握着也不会感觉烫,而木头与皮绳的温暖触感也弥补了玻璃的冰冷,构成了无懈可击的优秀设计。宗悦在"二战"后访美时,曾经受邀到伊姆斯夫妇家中拜访,当时伊姆斯夫妇便以这款咖啡壶冲了咖啡招待他。在感动之余,他自己也买了这款咖啡壶,一直使用至今。

这个咖啡壶是化学家彼得·舒隆波姆(Peter Schlumbohm)"二战"时在实验室里设计出来的,至今仍作为新颖的设计被全球爱好者喜爱。这个咖啡壶完美呈现出了民艺精神与新设计的连接点,也可以说是为工艺的未来带来希望的作品。(高24cm,直径12.5cm)

⑨ 冰激凌挖勺

这个挖勺可以把冰冻凝固的冰激凌从储藏容器中挖出来盛到盘子上。它采用铝质,注重功能性,非常方便使用,且非常结实。把手设计得较粗,是为了避免手握起来太过冰冷。内部含有抗冻剂,密封良好。这个挖勺的造型朴素刚劲,呈现出一种不亚于传统农业器具的健康样貌。即使是以机械制造,只要保有工艺气质,仍能出现如此优异的产品。换句话说,民艺精神完好地体现在这件作品中,希望各位注意这点。这个挖勺也是纽约现代艺术博物馆推荐的优秀产品之一。

虽然我在这个专栏里每次都会介绍优秀的机械产品,但这不代表我否定手工艺品。相反,甚至可以说,我比任何人都了解正因为当下是机械时代,我们才更需要手工艺品。这点我今后会继续向各位说明。我也重申过多次,我认为无论是手工艺品或是机械产品,只要是好东西,我们就应该大方地承认它的优秀。民艺界的相关人士们,请各位睁开双眼吧。(22cm×7cm)

⑩ 雅各布森的椅子

扶手椅（安乐椅）是用来小坐与休憩的椅子，除了要满足坐得舒服这项重要的物理性功能之外，还应该让人身心都能得到放松，具有人情味与温度。这把椅子被叫作"郁金香椅"，是丹麦知名建筑家阿诺·雅各布森与技术人员共同进行了长期研究后设计出来的优秀作品。这把椅子造型简洁、柔和轻快，同时又具备优异的安定感。

这把椅子采用椅面、椅背与扶手一体的贝壳状设计，内部采用聚酯材料一体成形，贝壳周围覆盖了发泡塑胶充当靠垫，表面以柔软的粗毛布料包裹，组成一把极为温暖又具有曲线美的椅子。椅脚为可旋转的铝制铸件。坐在这把宛如绽放的花朵般的丰盈的椅子中，心情也会像静坐在莲花座上的佛祖般平静安稳。

机械产品总给人以冰冷的印象，但这把舒适程度不逊于温莎椅的温暖椅子，仿佛昭示着民艺精神在未来定能继续绽放，令我感到前途充满希望。（高75cm，扶手宽75cm，深68cm）

⑪ 桌面胶带台

胶带是件很便利的产品，想必如今人人都会用到。这款胶带台产自丹麦，是曾经获得纽约现代艺术博物馆收藏与推荐的优秀产品。周身皆为铝制，涂有不易脱落的黑色亚光涂料。重量刚刚好，在撕扯胶带时底座不会移动，十分方便实用，呈现出以用途为中心的健康的样式。虽然采用模具铸造，但由于在加工时需要用机械切削，它拥有机械才能呈现的简洁明快。我认为机械产品拥有手工艺品不具备的独特美感，而手工艺品也有只有手工艺品才能呈现的独到之美。我们不能因为手工艺品很美，就以机械来仿制，那样终究无法胜过原本的手工艺品。反过来也是一样。就优秀物品本身的价值来说，两者应该并没有优劣之分。

我曾在某期专栏里介绍过计算器，不出意料地引起了某些人的强烈反对。这些人想必是一些善良的老人，恐怕到现在还在顽固地坚持使用算盘……然而他们并没注意到自己身旁已经有了许多由电脑生产的日用品。时代的洪流不可逆转，这些人的子子孙孙，肯定也会利用电脑来开拓未来。我已重申多次，我并不打算否定算盘这类手工艺品，我真心想做的，只是把在漫长的生活历史中，国人孕育出的优美算盘的内核传承下去，构筑一个崭新的世界。过去与现在都是为了未来而存在，若不这么想，民艺馆只会成为过去的民艺品的坟墓。（10.5cm×7cm×4.6cm）

12 出西窑的椭圆小皿

这是出西窑打造的椭圆小皿。由于有一定的深度，用来盛装料理十分方便。这件手工制作的器皿令人感觉很温暖，滋润了人们的现代生活。正如读者所知，出西窑会使用日本的传统技术，制造出供现代人使用的产品。尽管是量产，却没有超出手工制造的规模。许多手工艺家以成为艺术家为目标，但出西窑的人却不在乎个人名声，只以谦逊的态度制作日用品，继承了宗悦的志向。如果说这不是当今的新工艺，那什么才是呢？"二战"结束后不久，五位志同道合的有识之士创立了出西窑，在他们的带领下，出西窑一直孜孜不倦地创造满足社会需求的优良产品。我必须诚挚地对他们鞠躬致谢。

至今为止，我在这个专栏里介绍了许多优良的机械产品，之所以这样做，是因为有很多民艺界的朋友还在顽固地抗拒机械产品，故而我才刻意要让他们了解机械产品的优点。从另一方面来说，正因为是在机械时代，手工艺品对人来说才更是必不可少，这一点我也强调了很多次。我们必须知道，今日的手工艺品其实也跟机械产品一样，鲜少出现优秀的作品。日本民艺馆里收藏的虽然大多是过去的作品，但无疑都是世间最为精美的作品。曾经宣扬机械时代的正确性的瓦尔特·格罗皮乌斯[2]在拜访仓敷民艺馆时留下这么一句话："仓敷民艺馆之所以收藏这些美丽的日本手工艺品，并不只是为了欣赏历史的遗物，也是为了刺激新的创造，从而促进现代生产方法的发展，它是整个日本文化的重要保护者。"（12.5cm×14cm×2.5cm）

⑬ 化学实验用蒸发皿

这是我去拜访被尊崇为设计之神的伊姆斯夫妇家时获得的体验。他们家随处装饰着从全球各地搜集来的民艺品,其中有些更被活用在生活之中。在那以钢筋与玻璃打造的现代住宅里,手工制作的民艺品完全融入其中。那明朗又欢乐的生活样貌使来访者的心无比温暖,赞不绝口。在下午茶时间,伊姆斯亲自帮我冲了一杯咖啡,那时用来盛放砂糖的正是这种蒸发皿。当我看到这个平平无奇的实验用品被如此精彩地运用到日常生活中时,不禁为它那素净优美的外形而着迷。这个蒸发皿当然不是设计师设计的产品,也不是陶艺家制作的作品,它只是一个实验用具,为了方便使用,在长久岁月中逐渐演变为如今的样式,也就是所谓的无名设计(自然而然地形成无意识之美)。当今的日用品大多都是被刻意设计而成,令人能感受到设计师的喜好,但这个蒸发皿却丝毫没有掺杂人类的个性,呈现出优美纯粹、简洁明了的姿态。民艺所追求的独一无二、绝对的美,难道不正是这样的吗?我期盼民艺爱好者也能从对古董的喜好中前进一步,向着未来开明地生活下去。(4cm×9.5cm、2.8cm×6.1cm 两种类型)

⑭ 墨水瓶容器

战前，柳宗悦一直很珍爱他的奥诺托牌（Onoto）钢笔，经常使用深褐色的墨水。在他的桌上，有个正红色的木制容器用来放玻璃墨水瓶。那个正红色的容器有着浑圆的曲线，在当时还是孩子的我的脑海里留下了深刻的印象。后来那个容器不知什么时候消失了，我也完全忘了它，直到最近在意大利米兰街头，看见一个几乎一模一样的器具。虽然它不是红色，而且外观是木质肌理，但它令我想起了父亲的和蔼与温暖，便当场买下，一直用到现在。用指尖扭开盖子时，舒适的触感令人难以形容。里面有一个带盖的小瓶，用来做墨水瓶很方便。也可以把小瓶取出，用来收纳香烟或别针等杂物。

这个木制容器是用一种叫作辘轳的机器制造的，然而也许因为材质是木头的缘故，流露出手工艺品的温暖。河井宽次郎先生常说"机器是手的延伸"，确实如此。硬要把人类制造的产品分为手工艺品和机械产品，是很不自然的。不管是手工艺品还是机械产品，好东西就是好东西。在"好"这一绝对的美的世界里，所谓手工艺品和机械产品的二元划分，恐怕也会自动消解吧？（高度：大 16.7cm，小 12.8cm）

15 冰镐

　　冰镐对攀岩或攀登冰壁的登山者来说是十分重要的工具。冰镐细长的镐柄上端是用来凿洞的镐尖（尖部）和用来挖出立脚处的铲头（平部），两者维持着绝妙的平衡，形成了冰镐的主体造型。登山者会用手掌牢牢握住镐尖和铲头的根部，将附着在冰镐镐柄下部前端的铁制柄尖插在地上用作手杖。由于冰镐的使用顺手程度直接关系到攀登者的性命，所以在设计上省去了一切无用的部分，不断改良至刚好满足使用功能的形状，没有任何可供设计师的审美意识介入的余地，最后反而形成了庄严的形态，可以说是无名设计的典型案例，也可以说是民艺精神淬炼到极致的形态。这种以保障人类的生命安全为出发点设计的物品，拥有那些为了赚钱而制造出的物品所无法比拟的美丽姿态。看到这种庄严的姿态，令人忍不住对那些动不动就沉溺于古董时代民艺品的人感到寒碜与可笑。存在于现代的崭新工艺，不就蕴含在这款冰镐里吗？

　　图中这把冰镐产自登山历史最长的国家——瑞士。虽然也有日本制的冰镐，但它们总是商业气息过于浓重，有些地方还会因设计失衡而显得古怪。根本的不同，果然还是在于究竟是以人命为出发点，还是以商业利益为出发点。（70cm×27.5cm）

16 利奇陶器制碗

　　位于英国圣艾夫斯的利奇陶器工作室除了创作陶器艺术品之外，也生产供英国民众使用的标准化餐具，这些餐具由来到利奇陶器工作室学艺的年轻学徒制作。在这里，学徒必须尽量避免表现出自我（ego），以学习用途、技术与材料等各种陶艺基础为宗旨。创始人伯纳德·利奇[3]在日本接触到民艺之美，学习到何谓民艺之后，通过量产标准化餐具，提醒自己不忘遵循民艺精神。也许是因为渴求艺术上的成功和名望，当今的工艺家只沉迷于自己的艺术表现，忘记了服务大众。这样的行为会令他们的作品最终也变得堕落失败。这个碗是用高温烧制陶土而成的炻器，非常结实耐用。它的外表直接呈现出陶土的茶色肌理，内部的黑色铁釉上覆了一层灰釉，显现出古朴的灰色，整体看来素朴清爽。这才是内敛而不装腔作势的新工艺，也可以说是崭新的民艺。利奇陶器工作室制造的碗、盘、水壶等，都是极为平凡常见，却又有莫名魅力的餐具。（图中的大碗尺寸为14cm×31cm，其他餐具也都分大中小号）

17 阿尔托之椅

阿尔瓦·阿尔托（Alvar Aalto）设计的这把举世闻名的椅子诞生于"二战"前的芬兰，至今仍被视为新颖优秀的椅子，是全世界的骄傲。战后我立刻从欧洲把这把椅子带回日本，放在我的工作室里粗暴地使用，然而它至今仍然很牢固。构造本身简洁明了，非常结实。这把椅子很轻盈，便于堆叠和搬运。白桦木合板的木纹也很洁净，带给人温柔的触感。坐上去当然也很舒服，价格又非常便宜。另外，最棒的一点是这把椅子完全不虚张声势，呈现出坦率无为的姿态。

在"二战"前后的约三十年间，从阿尔托的这把椅子开始，优秀的椅子接连不断地诞生。究其原因，是因为出现了新的科学技术和材料，而设计师们积极地把这些最新的技术加以运用。与人体坐在椅子上的身形、姿势、动作、疲劳度等相关的人体工学领域的知识也在不断进步，使现在的椅子比以前舒适许多，这也是不争的事实。当然，我并没打算只赞美新技术，轻视手工艺的长处。然而，在我们的生活用品几乎都已变为机械产品的现在，如果仍然把民艺论限制在手工艺的狭窄范畴里，势必会与民众越来越远，最终导致民艺论本身失去存在的价值。若想让民艺论的价值永存，我认为必须努力使民艺论渗透进人类制造的各种物品之中。（高66cm，宽38cm，深40cm）

18 凌美牌钢笔与圆珠笔

宗悦以前很喜欢用奥诺托牌的钢笔。五十年后，钢笔在构造、材质上都有相当大的进步。然而如今的普通钢笔不知道是不是设计过剩的缘故，大多都显得有些装腔作势，令人厌烦。但这支德国凌美牌（LAMY）的钢笔简单又坚固，非常好用。黑色塑胶笔杆的手感也很好，简直可以称其为代表当今时代的工艺品。为了握笔更轻松，把手指与笔杆的接触面挖去了一块。笔盖的开合也很顺畅，用来夹在衣服口袋等处的笔夹也十分牢固结实。如果想要更换墨水替芯，只要像圆珠笔一样更换透明管状的上墨器就可以了。凌美牌的钢笔在笔杆正面还开了个小窗，可以清楚地把握墨水的剩余量。

只要轻按圆珠笔上端可伸缩的橡皮头，就可以使笔尖伸缩。不知道是不是因为一般的圆珠笔都是一次性的缘故，总是显得很廉价。但这支凌美牌圆珠笔质量非常好，外形简洁优秀，令人想永久地好好使用下去。

现在日常的生活用品几乎都是机械产品。如果把民艺论仅仅限制在手工艺领域，想必无法使我们的生活变得更好，民艺论本身也会逐渐式微。希望各位能切实地认识到这一点，一定要把我们周围的各种生活用品都变得更好，让我们的生活变得更加丰富。（长度皆为14cm）

⑲ 棒球

在此请允许我把棒球当作最适合用来阐述民艺论的例子。用棒球玩耍或享受竞赛的人,会把全部精神都集中在这颗小球上,因此这颗球必须具备能回应使用者的健全的形态。对于参加竞技的人们来说,棒球是为了投球、接球、打球而存在的物品,使用起来必须最为舒适顺手,还要有适度的弹性,具备即使稍微被粗暴地对待,也不会有任何改变的坚固度。

球的表面是染成白色的鞣制牛皮,上面用红色麻绳缝合了两张葫芦形的皮衣。这处缝线十分重要,是实现曲线球、直线球等不同球路的关键。以用途为基础的这条红色缝线,画出的高次曲线是多么的优美!这需要人工用手仔细缝制,有趣的是,缝着缝着,球形便会逐渐显现。棒球的球芯是软木材质,在球芯周围缠上橡胶胶带后卷上毛线,最后再缝上皮革,形成表面的形状。当然,大小和重量都受到严格的限制。这样一来,完成的棒球全都呈现出优质健康的样态,这就是所谓的"用即美"。换句话说,已经超越了美丑之分,到达了民艺论所谓的佛的境界。

这个专栏的主旨在于介绍从现在到未来都将一直保持鲜活的生命力,供人们使用的物品。然而,总能听到一些脑筋顽固的人对此颇有微词。对他们最好的回答,恐怕只能是请他们实际使用一下这里介绍的物品。我坚信这些真正为了人们的使用而诞生的物品,即使在这混乱的世间,也堂堂正正、无愧于自身的存在,拥有能够净化世间的美。

⑳ 吉普车

"二战"时，我曾作为士兵去往菲律宾的丛林，当时日本的军用车经常陷进河流与洼地里动弹不得，我们只能眼看着美军的吉普车轻巧地翻山越岭，艳羡不已，觉得无法与之匹敌。战后美军把吉普车赠予日本的自卫队，不久之后，日本也开始自己生产吉普车。我的吉普车就是在那时买的，在将近三十年里，没有出过任何问题，跑得很顺畅。

原本吉普车是为了军用制造，所以摒弃了一切累赘，完全以实用至上，十分结实耐用。虽然外形有些粗犷，却功能健全，值得信赖。尽管吉普车的离合器与方向盘都有些僵硬，车棚的拆卸与组装也有点费力，不太适合柔弱的人，不过只要开过一次就会知道，吉普车虽然速度不够快，却强劲稳健，是值得信赖的车子。

吉普车那简洁坚实的纯粹的样态，可以说是维持了刚开始搭载引擎时汽车的原始模样。与之相反，普通的汽车过于刻意追求设计感的装饰，蒙蔽了大众的眼睛。只有吉普车在众多设计过度的车中保留着纯粹的形态。小孩在看到吉普车时会开心地叫嚷"吉普车、吉普车！"，或许是因为在未经世俗污染的孩童眼中，吉普车显得格外纯粹迷人。吉普车正是最典型的无名设计，也可说是最富有民艺精神的汽车。

㉑ 博朗牌电动剃须刀

这把电动剃须刀（内置电池）无论是在功能还是构造上，都比以往的产品下了更多的功夫，具有革新性，还拥有令人爱不释手的美感，再加上质量精巧又坚固，只要拿在手上试一试，就会令人难以忘怀，希望能够据为己有，长久地使用下去，是一款非常优秀的产品。剃须时的肌肤触感、保护盖的松紧程度，清洁用毛刷的装卸便利程度，电池的更换方式等，都令人感叹"居然会考虑到这个地步"。虽然本体是塑胶，却明显能感觉出这是不逊于任何自然材质的优秀材料。一说到塑料，人们的脑海里会立刻浮现出塑料桶或塑料容器那种无机质的令人不快的冰冷感觉，但只要见识过这把剃须刀，想必大家一定会认同塑胶其实也是很棒的材料。

这把剃须刀和我之前曾经介绍过的计算器相同，都是德国博朗牌的产品。在这个毫无意义的产品泛滥的时代，博朗是一家罕见的致力于设计真正好产品的公司。它既拥有手工艺精神，又以制造好的产品为傲。换句话说，博朗能有效地运用当今的新技术与材料满足人类的使用需求，拥有产品设计的精神，是一家讲道义的公司。因此，可以说，在当今时代，民艺论正是通过这把剃须刀得以开花结果。我们不应该一味地对今日感到惋惜，沉溺在过去的美好荣光之中。秉持着希望向未来前进才是最重要的事。
（8.3cm×5.7cm×2.3cm）

22 水壶

这是一把产自芬兰的水壶。外表是黑色亚光（也有红色、白色）的珐琅涂层，色彩沉稳，形状稳重，是对于烧水壶来说再适合不过的外形。内侧是富有光泽的白色珐琅涂层，打开盖子，可以看到水壶上方边缘仔细地镀了一圈铬带，很有清洁感。把手部分用高频波将层压材料弯曲，再用钉子牢牢地固定在茶壶本体上。壶盖的把手是硬质实木，用螺丝固定在盖上，和茶壶把手一同令人感受到木材质地的温暖。说起茶壶，现在的产品大多都是铝制壶体，塑料把手，索然无味。但这把茶壶却散发出不输于过去的手工艺铸铁壶的温暖，而且还利用了当今的最新技术，更加结实且便于使用。科学技术是为了让我们的生活变得更加丰富而诞生的。我认为相信技术，正确地利用技术，是现代人类的责任。颂扬手工艺优点的民艺论，自然否定对科学的错误利用，但并不否定科学本身。只要善加利用科学就好。[本体直径（不含注水口）16.5cm，本体高度（包含盖子，不含把手）15cm]

23 便携开瓶器

虽然在日本统称为开瓶器，但其实开瓶器一般分为开木塞与开瓶盖两种。这款便携开瓶器巧妙地将两种开瓶器与小刀组合在一起，是一款小巧便携的三合一工具。螺旋形的木塞开瓶器与小刀在折叠后被收纳在扁平的黑色塑胶壳里。纤薄的外壳四角被削成圆滑的弧形，非常轻便，即使放进口袋里也不会碍手碍脚。而且不愧是德国产品，结实耐用。

一谈到刀具，就会让人联想到索林根[4]这个城市。其实任何金属产品从坚固度来看，都没有能胜过德国制品的。德国自古就有所谓的学徒制度，使该国的手工艺技术不断提升。工匠师傅是技术的最高权威者，作为业界的带头人，受到广大制造业人员的尊敬。即使在进入机械时代的今日，这种职人精神在德国依然存在，与世间肤浅的商业主义背道而行，展现出制造坚固耐用产品的意志。（10cm×3.8cm）

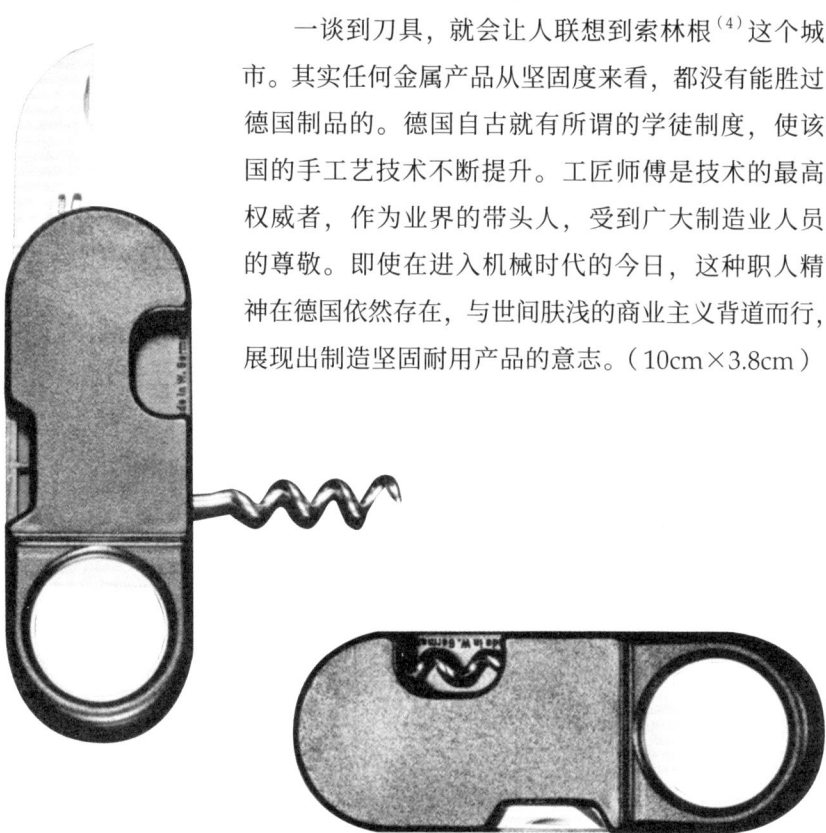

㉔ 竹笼照明灯

不可否认，在日本和印度，不对，应该说在世界范围内，手工制作的传统工艺品正在迅速地消失。但人的内心总是希望美丽的花朵能永远盛开，因此会每天细心浇水，采取各种延长花朵生命的措施。"转用"正是延续生命的方式之一。然而，将传统民艺品直接应用到现代生活里，难免会产生种种不便与问题，无法顺利实现。但若不使用过去的工艺品，只是将它们当成作品来欣赏，稍不留意，便有踏入堕落之路的危险。欣赏涉及兴趣，而兴趣容易变为流行，流行又与商业紧密相连，有使民艺品沦为低级的旅游景点特产的危险。这种不断蔓延的民艺品的堕落现状，令人担忧不已。

我今天举出的这盏利用中国产的竹笼制作的灯具，就是"转用"的成功案例。竹笼由细竹签和竹藤编织而成，内部贴有和纸，网格十分整齐，形状浑圆，与透出柔和光线的和纸相映生辉，形成了一盏无比温暖的灯具。这个产品突出了手工艺最为优秀的特质，并满足了当今时代的需求，可以说是通过"转用"的手法孕育出了新的生命。而那些远离用途的民艺品，终究难逃失去生命的宿命。（33cm×57cm）

25 座钟

座钟这种东西大多都做得金光闪闪、富丽堂皇,以彰显自身的存在,然而这个产自意大利的座钟却素朴精细,仿佛可以随意摆放在任何地方。大表盘里的数字十分易于辨识,表盘略微后倾,同时钟体底部也略微向后隆起,具有安定感。这款座钟的表面镀了一层哑光珐琅,有黑色、深灰、白色三色,全都是沉静的颜色。虽然它的样式非常朴实,但轮廓又颇具曲线美,不愧是来自雕塑之国意大利。

我一直在这个专栏里介绍现代生活中富有活力和美感的产品。我当然不是机械论的推崇者,也不是手工艺论的推崇者,一切都以产品是否美丽为大前提。在美的面前,机械工艺与手工艺这种二元论自然会消解,一切都会回归到事物的本质。然而无论是机械产品还是手工艺品,都罕见值得在这个专栏介绍给大家的好东西,所以我每天都为寻找素材而煞费苦心。

在日本民艺馆里展示的过去的民艺品全都非常优秀美丽,为什么当今时代却无法诞生这么美好的器具呢?我认为其中蕴含着很严重的问题。幸好最近有很多年轻人来到日本民艺馆参观,这些年轻人当然对民艺论之类的东西不太熟悉,但当他们来到民艺馆直接看到实物后,想必可以从中感受到一些东西。比起成天卖弄民艺论,却很少来民艺馆观赏作品的人,我更愿意对这些尚未被污染的单纯年轻人怀抱一丝希望,毕竟百闻不如一见。
(高 15cm,宽 8cm,厚 5.5cm)

26 剑道护具笼手

笼手首先必须要制造成容易握住竹刀的样式，而且还要能握住竹刀挥砍。由于要与对手的面、胴、笼手相击，必须能承受住破坏性的冲击力道。同时还要考虑不能让手被汗捂到，还要防止滑落。受这些极为严格的条件所限，在漫长的历史与传统文化的熏陶下，笼手逐渐被打磨成了现在的完备形态。在打造每一副笼手时，都不能有丝毫松懈，必须严肃认真地去面对。所以笼手直至今日也依然富有朝气，是一项生气蓬勃的新工艺。

笼手本体由染成藏青色的鹿皮制成，手背的部分填满了鹿毛，这是因为鹿毛里有空隙，具备很好的吸汗效果。手掌部分是麂皮鞣制皮革，方便握住竹刀，同时有防止手滑的效果。手腕部分则是把鹿皮夹在棉布里，再用丝线绣上精致的刺绣，既富有弹性，又非常结实。随着缝纫工序的进行，笼手逐渐成形，自然而然地展现出健全优美的样貌。（长25cm）

㉗ 茶壶

这件黑色的铁釉壶是芬兰阿拉比亚（Arabia）陶瓷工厂的产品，由普罗科普[5]设计。由于是批量生产的产品，采用机械抹刀与浇注的方法成形。外形十分安定稳重，用起来很方便。一提到设计师，很多人会觉得设计师的工作就是单纯地凭借画出图案或图纸来让别人制造东西，但好的设计绝非如此简单就能完成。要想制作一件好东西，正如包豪斯主张的，工坊（workshop）试验非常重要。无论是什么样的机械产品，在开始设计时都需要在工坊里进行类似手工艺的操作，例如制作模型、原型，有时甚至还要制作实物。此外也要进行各种机械试验和材料测试。我也是专业设计师，但从来没有画过图案、图纸和用来发表的设计图。我每天几乎都在穿着工作服动手操作。当然，不仅是工坊，工厂的生产过程也很重要。越是需要高难度技术的作业，就越需要专家的协助。所以想要设计出好的作品，无论是多么简单的东西，一般也要花费一年以上的时间。

同一系列的产品除了茶壶之外还有盘子与咖啡杯等，我平常也在使用。我常常想用这件陶器来招待大家，它就是如此优秀。（直径16.1cm，高12.2cm，把手至壶嘴24.5cm）

㉘ 玻璃小花瓶

这款平平无奇的玻璃小花瓶是芬兰著名玻璃设计师萨尔帕内瓦[6]的作品,至今仍被视为时髦的产品,广受大众喜爱。在制造玻璃器具时,需要采取手工吹制的方法,将吹杆(长铁管)的前端伸入坩埚中,蘸取坩埚里的熔融玻璃,再吹制成形。这是自古流传的最基本的制法。但这款小花瓶需要批量生产,所以采用了金属吹制模具制作。虽然也可以采用木制模具,但熔融玻璃的高温容易将模具烧焦,只能蘸取少量材料,所以现在大多用木模具来试作。使用金属模具的好处在于可以做出各种形态,不过萨尔帕内瓦生平最厌恶的就是造作的设计,所以我猜想他是从手工吹制自然形成的造型中选出了最基本的一种,再把这种造型搬到了金属模具上。手工艺品也好,机械产品也罢,唯有形体上合乎自然规律,没有生硬的设计痕迹的物品,才能超越时间与空间,绽放出美丽的光辉。(16.2cm×11cm)

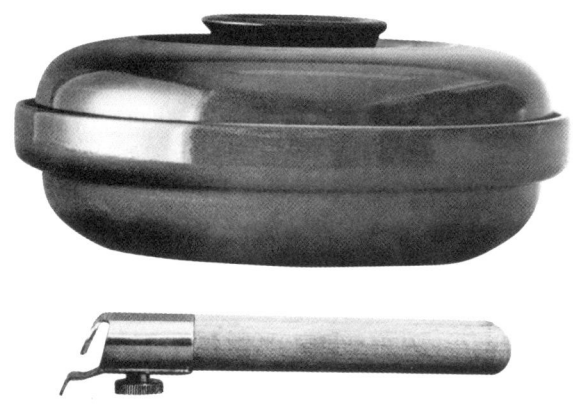

29 耐热陶瓷平底锅

有位文化评论家曾说过"现代文明由厨房开始",这话令人茅塞顿开。在厨房这个家庭主妇最常劳动的场所,有洗手台、微波炉、冰箱、锅具、刀具等各式各样的工具,这些工具最重要的就是用起来顺手,所以才需要积极地采用优秀的科学技术,好制造出更加便于使用的物品。

这口平底锅采用了最近在德国开发的名为"KOKKI"的特殊耐热陶瓷,既可以在烤箱里使用,也可以在火上直接使用,还可以在微波炉里使用,方便又结实。只要把可拆卸把手的前端轻轻挂在平底锅的边缘,就可以把锅从烤箱中取出,也可以用来移动锅具。另外,拧紧把手根部的金属螺丝,可以使把手完全固定在锅上,再利用该把手颠锅,就可以实现做中国菜时的翻炒手法。

只要试着用一次这把实用的锅,就会为其顺手程度和材质的优秀感动不已。再加上它有着圆润的温暖造型,就算直接把食物放在锅里端上桌,也不会显得奇怪。这口锅的健全之美,是由于实用价值由内向外地自然流露,可以说其中完美地蕴含了民艺的精神。正因为与人类制造的各种物品息息相关,民艺精神才拥有现代的意义与价值。

除了这款平底锅之外,还有深锅等各种类型的产品,产自芬兰。(直径21cm,锅盖高7.6cm,锅身深4.5cm,把手长16cm)

有生命的工艺（1987—1988）

㉚ 搭钩

如果去筑地的鱼市，经常可以看到年轻人颇有气势地手持搭钩，用前方的钩子钩住金枪鱼或鲨鱼等大型鱼类拖行，或者是钩住装着小鱼的箱子堆到车上或卸货。这种搭钩在鱼市里是不可或缺的工具，由于在使用时手法大多比较粗暴，所以必须做得非常坚固耐用。为了不让搭钩从手里轻易滑出，搭钩的根部略微隆起，线条流畅利落。我相信这种线条是在长年累月的使用中自然形成的优秀形态，用起来最为顺手。

在这个专栏里，我主要介绍的是机械产品，毕竟我们的日常生活用品几乎都已变成机械产品，如果没有好的机械产品，我们的生活也无法变得美好。曾经有人质疑我在这个专栏里介绍的棒球、计算器和吉普车不能算是民艺，但我一直把它们称为"新工艺"，从未称其为"民艺"。真正的民艺在今日已经所剩无几，就算是今日的手工艺品，也很难称之为"民艺"。

至今为止，这个专栏的标题一直是"新工艺"，但现在我的想法改变了，决定把标题改为"有生命的工艺"。从已经死去的工艺中无法产生美，美只能从当今时代最为生机勃勃的事物中产生，因此我相信，这个新的名称更加清晰明快。（长41cm）

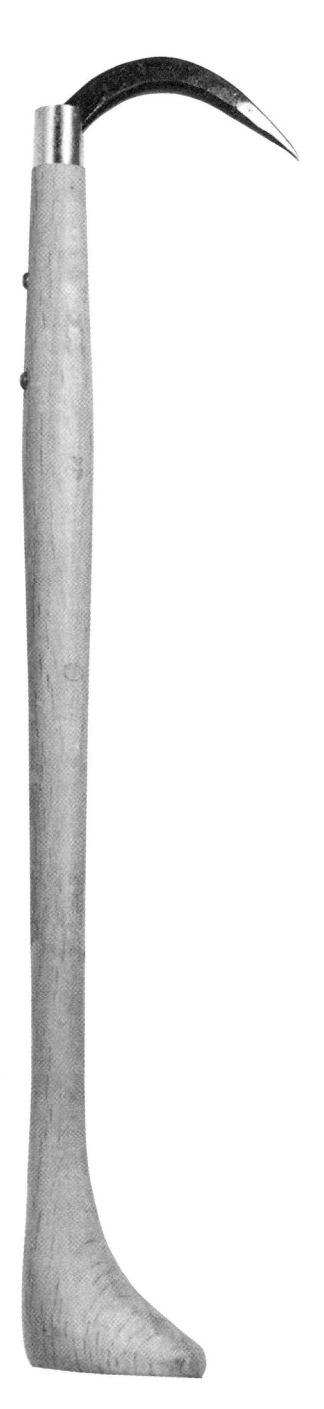

31 面包的造型

在欧洲农村,有的人家至今仍有自家的面包窑,在祭祀、庆祝或聚会时,会烤出动物、植物等自己喜欢的形状的面包。这正是手工制作的乐趣,每个面包的造型都赏心悦目。我曾经在德国居住一年,当时我特别喜欢把各式各样的面包买来摆在家里装饰。虽然现在已经没留着那时的面包了,但我在日本的面包房看到了同样形状的面包。把面粉和水捏成棒状的面团,再编成绳状,摆出心形。揉好的面团就像小孩玩的黏土一般,可以用手做出各种自由的造型。在把连手掌的痕迹都清晰可见的面团送进窑炉烤制之后,依据不同的火力,便会出现烤得恰到好处的颜色,展现出漂亮的形状,也就是通过火的神力,化身为超越美丑的极致形态。动手制作面包真的很有趣,大家也来试试看吧。

对于以往在这个专栏里介绍的产品,有人曾提出质疑"这也算是民艺?",也有不少人鼓励我,说这些例子很有趣。不管是民艺品、工艺品,还是机械产品,如果大家能从在这里介绍的由人类创造的物品中感觉到美的存在,我就感到很欣慰。尼采说过:"美即活力。"从已经死去的物品中无法产生美。为了让各位体会到鲜活的美,我会把这个专栏尽可能地继续下去。

(30cm×35cm)

㉜ 自行车座

近年来，自行车无论在材料、结构或功能上都逐渐改良，有了惊人的进步。如今甚至还可以依据个人喜好组装各种零件，装配出适合自己的自行车。所以每台自行车的零件数量都非常惊人，品质也非常良心。这些零件是为激烈运动设计的最适合的形态，因此摒除了所有赘余，十分坚固耐用。其中，自行车的车座为了适应各种用途，在形状上有许多细微差异，种类甚至多达上百种。每一种都极具美感，几乎没有丑陋的样式。

图中是旅行自行车的男用车座。为了防滑，采用鹿皮材料。由于骨盆的原因，女用车座会比男用车座更宽一些。用于短距骑行的车座较硬，用于长距骑行的车座则会加入软垫等，使其柔软舒适。这些车座都是无名设计，呈现出以用途为中心的优秀形态。

这个专栏主要介绍至今仍为大众所用的物品，然而可能因为它们太过普遍，人们容易忽略它们的美。但就像大井户茶碗以前也只是平时吃饭用的碗一样，我相信再过几年，这些物品的审美价值一定会获得认同，甚至会被美术馆收藏。

（27.5cm×15.5cm×7.5cm）

33 日料师傅的刀具

"想知道一名日料师傅的技术好坏,就要看他的刀。"正如这句话所说,日本料理基本都需要使用刀具,所以对日料师傅而言,刀子的重要性仅次于生命。我们可以从日料师傅用刀的模样看出他的内心状态。这把日料刀具的刀柄做得像个笔直的棒子,右侧有一道棱线,从刀柄底部一直延伸到前端。这是从日料师傅的长年经验中产生出来的形态,是从用途衍生的绝佳造型。相比之下,有些西式料理的刀具虽然也会在刀柄处下各种功夫,比如配合握刀的手指做出恰到好处的凹凸设计等,但实际拿在手上一试,还是日本这种传统利落的刀柄用起来更顺手。

日料刀具的刀柄不仅用起来顺手,也与锋利的菜刀十分契合,呈现出流畅的造型。这种从用途衍生出的传统形态不仅在现代依旧为人们所用,想必未来也会继续为人们提供服务。虽然日常用品在现代化的浪潮下逐渐改变了形态,但像这种从传统之中孕育出的形态,也有很多值得我们学习的地方。(含刀柄,长29cm)

㉞ 蒂罗尔型轻便登山鞋

　　登山鞋必须满足方便行走及坚固耐穿等严格的条件，所以和普通的装腔作势的靴子相比有些粗犷，不过大多呈现出结实健全又真挚的优秀形态。

　　这款蒂罗尔型登山鞋的鞋面并非由一块皮制作，而是用上面与两侧的皮分别缝合而成，顺着脚部的形状设计，更贴合脚背，不会让人感到憋屈。据说这种鞋最初是奥地利蒂罗尔山脉地区的居民在日常生活中穿着的，一般是短靴，但这款叫作中高筒蒂罗尔鞋，用于日常登山，脚踝部分更高一些。在脚踝边缘的柔软皮革里包覆着海绵，绑上鞋带后，脚踝部分能固定得很紧，会觉得鞋子穿上去比实际轻了一些。在缝合鞋面的侧边与鞋底时，由于侧皮的边缘外翻，需要把翻折的部分和平坦的部分都缝合在鞋底上，这种缝法被称为暗缝，非常坚固，是缝制一双正统登山鞋时必需的技法。缝线则以七八根单麻线扭成一根粗线来使用，表面涂抹松脂油，形成绝佳的防水膜。缝合时先用锥子锥出洞眼，再从相反方向以两根针对缝，把鞋底与鞋面缝在一起。虽然这个步骤也可以用机械进行，但还是手缝比较稳妥。无论是采取哪一种做法，这都是一双充满了手工艺精神的优秀鞋子，是充分反映了"用即美"的好例子。

㉟ 白瓷盖碗

　　这种形状优美的白瓷盖碗最近开始出现在韩国人的餐桌上。听说以前的韩国人夏天用白瓷餐具,冬天用黄铜餐具吃饭,但黄铜餐具在每次用餐后都得打磨刷净,很费工夫,所以现在几乎已经消失,改用白瓷餐具了。韩国传统的用餐方式会给每个人分别上餐,每人一般会用到七个餐具,这些餐具通常都附有盖子,也就是所谓的盖碗。这些餐具我早已司空见惯,平常没太注意,最近却发现出现了非常新颖的形状。这款杰出的产品的碗身为方形,稍有些圆润,一点也不逊于从前的李朝白瓷。

　　一提到白瓷,我们就会联想到李朝的白瓷,但因为李朝白瓷太过伟大,似乎给当今的韩国陶艺家带来了沉重的压力。换句话说,虽然他们试图追赶李朝的白瓷,却无论如何也无法超越祖先制造的作品,甚至会造出似是而非的东西,令人感到不快。为什么会这样呢?是因为时代已经完全不同了。而这款白瓷作品的优秀之处,则在于它以现代的需求为中心,顺应了当今的时代,又是从今日的新技术中诞生的产品。换句话说,这是一款拥有当今的新精神,活跃在当代的作品,就像李朝白瓷曾是活跃在李朝那个时代的作品一样。(高9.2cm,宽9cm)

㊱ 沙拉碗

斯堪的纳维亚有很多木制的家具与工具,那里的人们很喜欢木头的质感与纹理,这点和日本人非常相似。这次介绍的碗虽然是马来西亚制,但追本溯源,在几年之前还一直在斯堪的纳维亚生产。斯堪的纳维亚向来以高级木料,例如红木与柚木等,制作而成的优质产品闻名全球。但近年来,由于这些进口材料价格上涨,再加上人工费昂贵,一般人已经无法负担斯堪的纳维亚木制品的价格。制造商只好把生产线移转到人工费低廉,同为木材原产地的马来西亚。

我相信日本在不久之后也会遇到这种情况,需要注意的是,我们不能被商业主义的流通变化带跑,忽略了产品的品质。就这一点而言,这款产品虽然改变了产地,却并没有因此牺牲品质,依然是一件健全且值得信赖的产品,并且仍旧散发出北欧的气质。这个碗由橡胶树的层积材制造,再经过环氧树脂加工而成,是非常耐用且安全卫生的餐具。作为日常使用的餐具,价格也很平易近人。(直径15.2cm,高5.9cm)

㊲ 软木塞开瓶器

在葡萄酒之国法国，有各式各样的软木塞开瓶器，这款开瓶器是在"二战"后不久问世的产品，利用了机械力学结构，十分有趣。它能够非常轻松地拔出软木塞，造型也十分优美，与法国人引以为傲的红酒十分契合，想必这款开瓶器本身也令法国人感到自豪。从它身上完全看不到当今那些惹人厌烦的刻意设计的痕迹，只有以实用为中心的健康的美。

如果今日的日用品全都能像这款产品一般健全，那就不会有任何问题。然而现状却是，即使好作品难得地出现在了世上，也会在不知不觉间消失。就这一点来说，这款开瓶器是罕见的保持着蓬勃生命力的健全的产品。"二战"后，宗悦从欧洲带回了这款产品，它一直被我们一家人珍惜地使用。上面镀了一层铬，已进行过专利注册和外观设计注册。（长15cm，展开后25cm）

38 孩子做的蛋糕

这是我拜访瑞士知名玻璃制品设计师尼德尔（Roberto Niederer，1928—1988）时发生的事。那时临近圣诞节，他家可爱的小女儿努力地制作圣诞节蛋糕，每一个都非常可爱，让我看得目不转睛。当她做出这个模仿母亲的裸体的蛋糕时，我忍不住感叹出声。这一定是她跟母亲一起洗澡时，对母亲的裸体进行了仔细观察的成果。

未被污染的孩童不可能制作出丑陋的东西，这正是"无有好丑"[7]。他们从未想过要创造美，不会拼命用力，也不会装腔作势，非常坦诚纯粹。

而且这个小女孩在家人的关爱之下成长，做出的蛋糕也散发出生之喜悦，富有活力。在当前的机械文明时代，从这个手工蛋糕中，我们能够看到人类本真的姿态，真令人欣喜不已。如同这个孩童的蛋糕所展现出的世界，希望致力于手工制作的各位都能享有这样的愉悦与幸福。（长约8cm）

㊟ 牛仔裤

牛仔裤已问世约一百五十年。在不断变化的时尚风潮中,如此长寿的服装非常罕见。据说牛仔裤最初是矿工在劳动时穿的工服,由于矿工的工作强度很大,所以工服必须结实耐用,在这点上丹宁布的质地再合适不过。这种布料原本是法国人发明的,有茶色、灰色和蓝色三种颜色,其中蓝色最易染色又不易褪色,所以美国的 LEVI'S 公司便制造出了现在最为常见的蓝色牛仔裤,成为标准颜色。

矿工需要把矿石和工具等放进口袋,但口袋底部很容易开线,于是便想出了用铜质铆钉加固口袋,使其更结实的方法。然而在坐下时,铆钉会硌疼臀部,再加上阳光的长期照射会使铆钉发烫,令人很头疼。最终人们通过把铆钉缝进布料中解决了这个问题。其他还有一些随着时间推移被逐渐改良的地方,但由于牛仔裤原本就是劳动工服,功能是承受剧烈的劳动,所以大体上没有什么变化,在今日仍保持健康的生命力。

㊵ 长跨度大桥

进入 20 世纪之后,各国接连出现了许多巨型建筑,例如金门大桥等长跨度大桥。这些优秀美丽的作品采用了现代的科学技术,任谁看了都赞叹不已。如今悬吊式结构被视为最适合用来建设千米以上的长跨度大桥的结构,而在这个结论诞生之前,不知道发生过多少像塔科马海峡吊桥一般的失败惨剧。科学家付出了无数血汗,战胜这些失败,才完成了如今的悬吊式结构。在前人的基础上,日本正在四国与本州之间兴建史无前例的大型桥梁。正在建设中的明石海峡大桥跨度约为 2000 米,而至今为止最长的桥梁亨伯桥跨度为 1400 米。这样一比,就能看出明石海峡大桥在跨度上有了飞跃性的发展。

图中的桥梁是关门大桥。在这张从塔顶拍摄的照片中,吊索的抛物线呈现出了宇宙之美,其中绝对不允许掺杂任何设计师或艺术家的个人审美。长跨度大桥需要的是能够承受长跨度的静载重与大量车辆经过时的动载重,以及抵挡地震、台风等自然灾害的力学结构。这正是民艺论中的"他力本愿""用即美"的概念。吊桥或许不能算作民艺,但与最近市面上那些用于观赏的民艺品相比,不能不说吊桥将民艺精神贯彻得更加彻底。

㊶ 龟之子鬃刷

在当今这个变化剧烈的时代里,很少有产品能像这个龟之子鬃刷一样在问世八十年后,依然没有任何外形的改变。它的名字一方面来自它乌龟般的外形;另一方面也因为它很耐用,寿命非常长。龟之子鬃刷的材料是棕榈或椰子果实的纤维,把这些纤维裁成约 45 毫米的长度,插进弯曲的金属线中间,再拉住弯曲的部分不停旋转,便会使无数的鬃针向四面八方展开,形成大毛虫般的形状。接着再把毛虫卷成圆环,把两端绑紧,就做成了鬃刷。

虽然龟之子鬃刷是手工制品,但制作非常容易,具备量产的条件,所以才随着现代产业的流通,成了最大众化的产品。从前在城市的工厂里生产,最近在新潟县与和歌山县,也有农家在农闲时期自行制造。这种鬃刷纯粹地为人类生活服务,禁得起强度剧烈的劳动,也保留了强大的美好心灵。所谓的"用即美""无有好丑",指的不就是这样的产品吗?

㊷ 炒菜锅(韩国制)

　　这口炒菜锅既小又深,很适合一家人或人数较少时使用。在韩国,这种锅十分普及。后来日本民艺馆开始在自己的推荐工艺品店销售这款产品,立刻因为好用而广受好评,还有很多人特地从远方跑来购买。据使用者说,这口锅可以倒入很深的大量的油,很适合用来炸东西,用来炒菜或煎蛋也很方便。这口锅的制造方法是将厚度约为1毫米的铁片旋压成形,再将一般用在建筑上的已成形的钢筋(上面有螺纹状突起的钢筋)的前端压扁,通过铆钉固定在锅上,充当芯棒。再在另一端插上圆木棍,充当锅柄。这款产品的设计非常简单,制作方法也并不精细,胜在便宜好用,并且非常结实。当然,其中没有任何设计师、工艺家或艺术家的审美意识介入,这反而让这口锅呈现出粗犷健康的美,朝气蓬勃地活跃在当今的时代。

㊸ 水壶

瑞士不愧是被阿尔卑斯山包围的国家,自古以来便诞生了许多优秀的登山工具。这个水壶拥有能承受剧烈的登山活动的坚固健全的设计,外观也十分简洁。柯布西耶曾以"没有装饰才是真的装饰"一语道破当今时代装饰的真谛。而这个水壶以用途为中心,呈现出没有一丝赘余的形态。

在流畅的铝制壶身上方是扎实的旋拧式塑胶壶盖。壶盖中央有个能让手指穿过去的洞,只要用手指穿过洞口,便能轻易地拧开或旋紧壶盖。这是非常注重功能性的造型。不对,应该说这一造型已经超越了功能性,拥有人性的温暖。像这种没有沾染一丝商业主义的臭气,形态如此纯粹的商品,在这世上似乎十分少见,真是令人遗憾。我认为这种彻底追求技术与用途的设计,与纯粹的民艺的"无"正有几分相通之处,不知各位读者朋友感想如何?(高21cm,直径7cm)

44 缆桩

在码头，经常能看到一个个像蘑菇一样巨大而丰满的铁块。这是用来拴住大船的设施，为了不让船漂离港口，要把粗绳拴在上面，因此它呈现出稳重如山的外形。再加上必须要便于系上缆绳，又不能让缆绳轻易滑落，所以它的头部向着码头的方向隆起。把船停在码头时，这是一件必不可少的物品，它的形态十分美丽，体现出"用即美"的精神。我想，无论是拥有多高的审美的雕塑家、工艺家或是设计师，都无法设计出如此美丽的外形和卓越从容的线条。

如今的民艺越来越脱离实用，已变成一种兴趣，必须回到重视实用的方向。就这一点而言，这个缆桩给我们带来了极大的启发。无论是手工艺品还是机械产品，当今时代的大部分日常用品都显露出丑恶的形态。而这些缆桩却丝毫不为纷乱的世间所动，以稳固牢靠的姿态，严肃地存在于世。

㊺ 购物篮

最近在百货店等地方出现了无品牌商品的专柜。这些商品上面没有制造商或经销商的宣传标识，也没有花里胡哨的过度设计，以清爽素朴的特性获得了好评。在专柜里摆放有毛衣、牛仔套装、衬衫，以及餐具与日用杂货等实用的平价商品，顾客可以把想买的东西放进店里预备的购物篮里，拿到柜台结账，之后再将购物篮归还。

这款购物篮虽然是非卖品，却时髦又温暖，即使作为商品也堪称优秀。据调查，这个购物篮产自中国南部，是把玉米皮漂色后染成的白色，显得非常干净，形状也很优美，价格也很便宜（在中华街）。听说在中国也有人使用，但主要还是用于出口，在工厂批量生产。外销产品的设计大多都过于讲究或谄媚，然而这个篮子的设计却明快坦率，值得信赖，相信它今后也能利用现代的流通方式继续健全地存活下去。

46 新布料

日本民艺馆里的收藏品可以说都是顶级的优秀作品，然而民艺馆不是一个只用来沉溺在对过去的感伤的地方，也不是一个纯粹供人观赏的展览馆。我们收藏这些美丽的作品，是为了对今后的文化做出贡献，这才是民艺馆的意义所在。这次介绍的这块布料的设计者，是一位经常造访民艺馆的人。在被民艺纯粹又健全的美所感动之后，他以此为出发点，利用电脑这一现代技术，创造出了这块崭新的布料。由于版面有限，在此我无法具体介绍他如何用电脑织出这块布料，然而毫无疑问，这块布料绝对是一件兼具美感与实用价值的杰出作品。

当然，至今为止的手工编织品也都具备布料的基本特性，蕴含着本源之美。正因为我们如今处在电脑的时代，手工制作才更有其存在的必要性。然而，在制造产品时，如果我们固执地坚持手工作业，蔑视电脑等科学技术，就无法做出适应新时代的产品。实际上，不管时代如何变化，民艺论都能包容该时代的一切，可以说是一种基本理论。从这一点来看，我相信民艺馆也会成为与未来相连的原点，在今后变为更加耀眼的存在。可能已经有人听说，这块布料的创作者新井淳一先生最近因为这块布料，被英国皇室授予了荣誉称号[8]。

47 木制玩具车

这是德国的凯勒公司（Konard Keller）生产的一款木制玩具。到了德国，各位一定会为他们的玩具店的规模之大而震惊不已。店中玩具不仅种类齐全，而且几乎看不见粗制滥造的产品，不愧是以产品的优良品质自豪的德国。虽然有些玩具采用了塑胶或铝等新式材料，但幼儿玩具依然以木制品为主。天然的木头材质有说不出的温暖柔和的感觉，恐怕没有比这更适合让幼儿用手触摸的材料了。

幼儿玩具会被趴在地上的孩子用手按住，剧烈地来回移动，所以必须很结实。而如果边角锐利，则不适合与幼儿细腻的手接触，因此外形要圆润，略带弧度。这款产品还可以从车顶的洞口把造型简洁的红色人偶放进车里，从圆圆的车窗可以看见人偶，很有真车的感觉。虽然这款产品看似平淡无奇，但从它身上完全看不见为了销量的装腔作势的设计，是一款用心制造的优秀的幼儿玩具（7.6cm×11.6cm）

㊽ 印度黑石盘

这款黑石盘是用来吃咖喱的餐具,可以把多种咖喱菜码和米饭放在这个盘子上,用右手指尖依个人喜好混合,再捏起来放到嘴里。为了方便捏起食物,盘子做得很光滑,沉稳光洁的黑石肌理也使咖喱看起来格外好吃。

令人惊讶的是,这个圆盘完全没有使用车床等机器制造,而是用凿子一点一点凿制而成。如果不用这种方法,盘面就会产生破损,无法做到这种薄度,这可以说是手工艺的极致。除了咖喱之外,如此沉稳简洁的产品也很适合盛放其他餐食,在现代化的今日依然活跃,非常时髦,魅力十足。

印度是很先进的国家,不但发射过人造卫星,也有核能发电厂与世界级的优秀科学家,但同时,像这样的手工艺品在现代的印度依然非常活跃,令人感到不可思议。我想,这也许跟种姓制度等社会条件和自然环境有关。反观日本,真正的民艺正在走向消亡。印度的民艺从数千年前就保持着同样的形态,一直生机勃勃地延续至今,这无疑给我们的民艺运动带来了诸多启示,是非常有趣的课题。

㊾ 单肩包

这个单肩包乍看很平凡,使用之后便会发现非常方便,令人爱不释手。现在年轻人背的单肩包中有不少优秀的产品。由于人们在外出时需要把各种必需品放进包里背在肩上,所以背包必须结实,且便于使用,自然形成了健全强韧的形态,而这款单肩包则呈现出了只有皮革产品才能表现出的纯粹简洁的造型。

(1)柳宗悦(1889—1961),柳宗理之父。日本著名民艺理论家、美学家,日本民艺馆的创办者和首任馆长。
(2)瓦尔特·格罗皮乌斯(Walter Gropius,1883—1969),德裔美国建筑师及建筑教育家,包豪斯学校的创办人。现代主义建筑学派的倡导者与奠基人之一。
(3)伯纳德·利奇(Bernard Leach,1887—1979),英国陶艺家、教师,被称为"英国工作室陶艺之父"。早年在日本学习陶艺,与滨田庄司等人交往。返英后 1920 年在圣艾夫斯开设利奇陶器工作室。1934 年再赴日本,参与民艺运动并协助柳宗悦创立日本民艺馆。
(4)索林根(Solingen)德国北莱茵-威斯特法伦州杜塞尔多夫行政区内城市,中世纪以来因锻造高品质刀剑、剪刀等刀具而闻名,如今德国 90% 的刀具制造商仍位于该城,著名的如双立人(Zwilling J. A. Henckels)、三叉(Wüsthof)等,因此它又被称为"刀具之城"。
(5)乌拉·普罗科普(Ulla Procopé,1921—1968),芬兰著名陶瓷设计师。这件茶壶属于她为阿拉比亚设计的著名的 Ruska(秋色)系列茶具。
(6)蒂莫·塔帕尼·萨尔帕内瓦(Timo Tapani Sarpaneva,1926—2006),芬兰设计师、雕塑家及教育家。
(7)出自《无量寿经》,经中阐述阿弥陀佛成佛因缘、所发四十八大愿及净土样貌。"无有好丑"即来自四十八愿第四:"设我得佛,国中天人,形色不同,有好丑者,不取正觉。"
(8)指新井淳一 1987 年被英国皇家艺术协会(British Royal Society of Arts)授予"荣誉皇家工业设计师"(HonRDI)称号。

* * *

  今日的产品基本都是经人设计的产物,然而真正的好作品却少之又少。大多数设计都很引人注目,反而使人不快。相较而言,无名设计更使人感到安心,纯粹的民艺品自然也包含在无名设计中。我在这个专栏里介绍的产品,百分之八十都是无名设计。在今天为大众所用的日用品里,如果排除机械产品,几乎就没剩下什么了。所以我把自己认为美的机械产品也纳入进来。然而只要一提到机械,就会引起不少顽固的反对者的攻击。尽管我完全没有排斥手工艺品的意思,甚至还主张在机械时代更需要手工艺品的存在。幸好还有很多人发自内心地赞同我的想法,给予我许多鼓励,增加了我的信心。我会继续思考民艺思想的将来,并继续主张我的想法。因为如果不这样做,来之不易的民艺论便无法与时代共同生存下去。说到这里,这个专栏已经持续了二十期,相信各位也已大致了解了我的想法,今后我会继续祈祷民艺思想能够永久地发展下去,请允许我暂作歇息。衷心希望热爱民艺的各位也一起认真地思考民艺的将来。

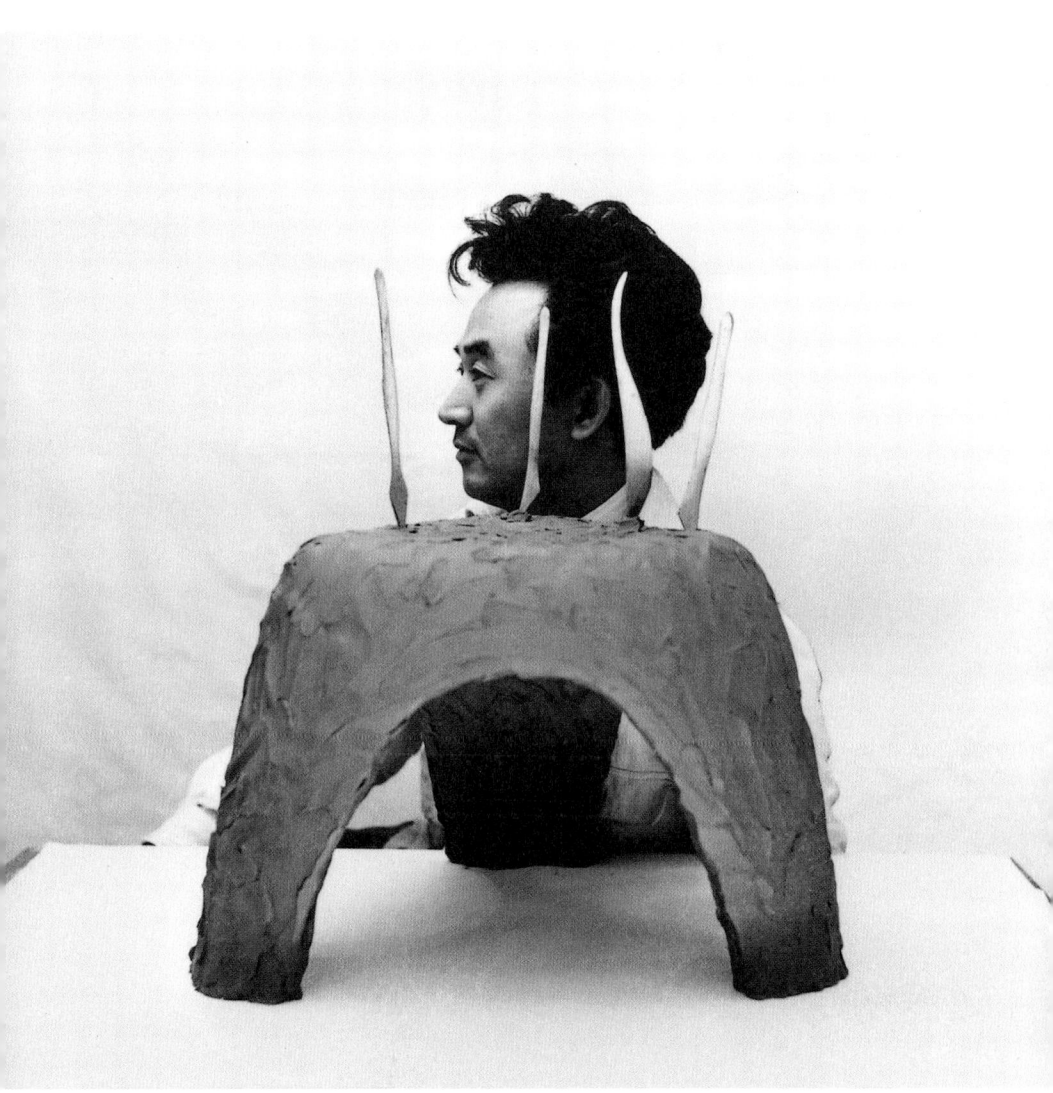

日本之形・世界之貌

缠——纯粹而强烈的形状

　　社会、道德、思想。在这混沌的世界，一切都没有定数。如今的我们只能怀抱着对未来的清明世界的梦想，不断探求世间的形状。在这样的时代，当外形强烈的"缠"出现在我眼前时，一想到我们民族也曾如此热血，我不禁又惊又叹，并感慨如今的我辈为何会如此没出息。这种美好的形态是如何形成的呢？让我们通过探索历史性、社会性、技术性的各种要素，来得出造物的本质，想必会很有趣。

　　说到底，"缠"出现在这世上，据说是在距今约二百四十年前的1719年（享保四年），那时的大冈越前守把"缠"定为消防队的标志。最初的"缠"受到武将在战场上的标志"马印"的影响，在下半部分还连着长条状的旗帜。后来"缠"的形式经过了四次左右的变化，在天保年间变成了我们现在看到的样子。换句话说，"缠"展现出了在德川幕府的锁国时代，与外界完全隔绝的日本特有的江户文化，拥有在其他国家完全见不到的独特外形。

　　"缠"是消防队的标识，聚集在"缠"下方的消防队员都会将自己的性命置之度外。执"缠"者通常采用世袭制，是消防队中最崇高的职位。执"缠"者需要爬上离火势最猛的住宅最近的屋顶，把"缠"稳稳地立在屋脊的瓦上，宣告要从这里把火止住。为了荣誉，各个消防队会争先恐后地把自己队的"缠"立在屋顶。随后，不让自己队的"缠"被烧毁就成为消防队员们行动的宗旨，而道义、人情与毅力则是驱动他们的信条。正因如此，在其他日本纹章中，再也没有出现像"缠"这般豪迈且张力十足的形态。而且，由于"缠"需要从远处就能清楚地识别，所以要有令人一目了然的个性。这种追求如此单纯而强烈的立体效果的雕塑，恐怕在哪个国家都很难看到。

　　位于"缠"上方的装饰也有很多有趣的含义。例如，在下页的图片中，上方的装饰代表罂粟果实"芥子（けし）"，下方的"缠"代表方形容器"桝（ます）"，合在一起的谐音就是"灭火（けします）"。还有很多"缠"采用了绕线、木槌、陀螺、钉起子等那个时代的工具的图案。由于"缠"需要被拿在手中挥舞，还要有一定的不易燃的性质，所以基本都采用桐木。在制作时，需要把厚约二分三厘（约7.7毫米）的木片用糨糊粘成面板，之后再做造型，所以里面是中空的状态。由于是用面板而非实木制成，所以几乎没有双弧面的造型，即使表面是弧面，侧面依然是平面。虽然也有球形的"缠"，但都是用竹笼打造形状，再在表面用糨糊贴上桐木碎屑。在这种造型方式之下，"缠"呈现出非常直截了当的张力。这点在由木板和方木构成的日本建筑中也能看出，可以说是从江户文化，不对，是从日本文化中诞生的形态的特色。

　　在用面板造型之后，需要在表面糊上和纸，将白色颜料用胶水溶解，涂抹四次。以前还会在上面用鹿角菜涂抹云母粉的溶液，再将颜料以密陀僧油溶解，用刷毛涂抹。现在则是涂上透明漆，在文字等黑色部分涂上黑漆。垂在"缠"下方的48片长布条名为"马帘"，是把宽约八分五厘（约2.8厘米），长约二尺九寸（约96.7厘米）的棉布折成两层，在里面

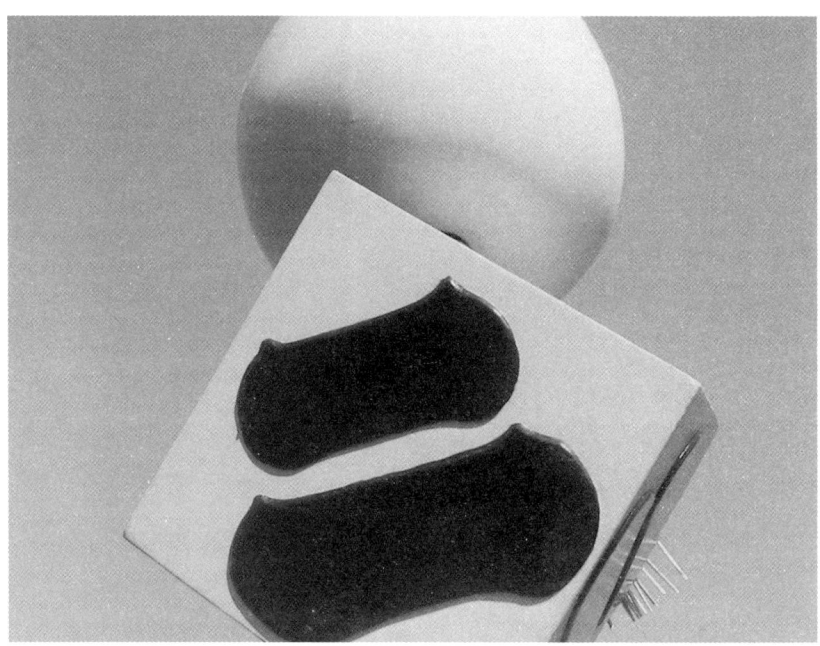

塞进纸芯制成。"马帘"也会涂上白色颜料，画上几条横向的黑线。这些黑线的数量反映的是消防队的编号，从一区到十区。手柄的部分是直径 10 厘米的橡木。为了能在屋顶插稳，手柄的最下方附有铁制的蛙腿形装饰。

在当今时代，"缠"在火灾时只会碍手碍脚，已经没人使用，然而还有"保存会"的存在。在每年 1 月 6 日的消防厅新年消防演习结束之后，可以在游行和攀云梯表演中看到"缠"的身影。

综上所述，"缠"是从江户文化中迸发出的极致形态，是我们现代人即使想追求也无法达到的纯粹样貌。因此，我们从中看到了现代主义憧憬的形态。虽然"缠"的外形非常有趣，但如果只汲取它的表面特征，就会陷入所谓的"日式趣味"中。只要我们真诚地探索日本的现状，必然会呈现出日式的样貌。当今的日本也终将迎来与新的一体化世界融合的一天。然而我相信，蕴藏在"缠"中的日本民族的血液，会永远潜藏在这世上的某个地方，再次以全新的形态问世。

记于昭和三十三年（1958 年）

这篇以"缠"为主题的文章刚好刊载在二十年前的美术杂志《三彩》上。在战前，我就被"缠"的强烈造型俘虏，一直想找个机会把它介绍给大家。这种想法与我从事设计工作也有关系，我从"缠"的无限魅力中看出了当今的设计缺乏的某种特质，那是现代设计憧憬的一种纯粹的造型。

在战后，"缠"的游行表演很快恢复。每到正月，我都忍不住跑到神宫外苑拍个不停。本来我也想把这些照片整理成作品集介绍给大众,可惜我不擅长事务性的工作,只能把搜集来的大批资料放在那里,任凭时光流逝。这次我借参与《民艺》杂志编辑工作的机会,终于得以把照片中的一部分整理在一起,介绍给大家。

在日本,除了"缠"之外,"纹章"也是非常优秀的符号设计。虽然纹章这一具有日本特性的形态给人以深刻印象,但它终究是平面的,不像"缠"能够以立体造型给予观者强烈的印象。而且"缠"会被激烈挥舞,从任何一个方向都要展现出动感和压倒性的勇猛姿态。"缠"的姿态展现得最为淋漓尽致的一刻,应该就是火灾发生的时候。光是想象"缠"在熊熊烈焰中凛然现身那神圣不可侵犯的样子,就让人心头一震。可以说,江户百姓热血沸腾的能量都凝结在了"缠"之中。

古往今来,在世界各地的立体标识或符号里,都没有比"缠"更令人印象深刻的设计。在国外,偶尔可以看到马路上的立体招牌有些有趣的设计,但大多立体效果都只针对从前方或后方观看的角度,设计本身相对较为静态。在日本浅草的仲见世大道,每到年底和新年期间,道路两侧的商家都会在屋顶上悬挂金属线,在金属线上加上各种装饰,充满想象力,非常有趣。然而这依旧是较为静态的展示,而且每年的主题都不一样,不免让人觉得只是用来应付一时的设计。相比之下,"缠"虽然最终免不了被毁坏的命运,却是一种支持人们内心的象征,做工非常扎实,充满了令人惊艳的工艺之美。

霓虹灯也算是当今社会中较为动感且有趣的立体设计,然而霓虹灯的设计也只针对被人观看的一面。虽然有些霓虹灯有多个角度,却只是把每个面都做成了同样的设计,鲜少出现令人惊艳的杰作。说到底，如今的设计已变成纸上设计，而且已经发展到了离谱的程度，令人不禁觉得这种趋势有些过了头。在设计立体作品——比如建筑时，设计师只在图上进行设计，使现代建筑本身变得极为浅薄。在设计汽车这种立体物品时，也只是画几张时尚的设计图，就草率地决定设计风格。

然而，从前的人们在设计"缠"时，肯定不是采取这种方法。负责设计的人在一开始想必借鉴了过去的书籍和图画等资料，作为"缠"的形态的范本，再根据资料中的传统造型，一边苦苦探索能够呈现出更加强烈的立体效果的方法，一边实际运用手边的材料进行尝试，在操作中思考与摸索。初期的"缠"与现在看到的"缠"（完成于江户末期）相比更为单纯，也更平面化，给人的印象较淡薄。后来制作"缠"的工匠花了很多心思改良旧有的"缠"，使其更加立体，从任何角度都能一眼辨识，给人更强烈的印象，才完成了最终的形态。例如，通过将各种象征造型进行组合的方法，呈现出更强烈的立体效果。又或是为了使平面符号从各个方向都能被辨识，在三角柱的三个平面上下了各种功夫。这三个平面也不是单纯的平面，会再从正中央凹折，形成更加立体且具有张力的造型。

我在前文里也提到过，"缠"极具张力的造型无疑来源于它的造型技术。换句话说，正因为"缠"是用轻薄的桐木片或稍微弯曲的桐木片拼贴而成，它的形态才能如此直截了当。而这种将纯粹的单弧面翻折的方法，使它呈现出既极具张力，又具有浓厚的日本风格的造型。假如利用今日的技术，例如用塑胶真空成形技术轻易地表现自由曲线，想必反而无法做出像"缠"一样纯粹又强有力的外形。设计的条件越严苛，就越能以满足条件为目标，实现扎实的设计。从民艺的观点来说，这就是把现世条件这一制约转化为可借助的外力，成就我们自身的健全。今日发展出的各种技术虽然让我们的表现更自由，但表现者也必须更加清楚地确立自我，否则便会在设计时暴露出人性的弱点，制作出连自己都觉得心虚的作品。

在上文中，我对技术条件与设计形态的关系进行了说明，但说到底，像"缠"这样精彩的形态，是在江户那种人与人之间紧密联系的社会共同体、那种有机的社会组织中才会产生的。拉斯金和莫里斯都经常提到，"只有在健全的社会才能创造出健全的物品"。健全扎实的"缠"，就是在礼俗社会形成的紧密共同体下自然而然地诞生的作品。关于物品和其背后的社会之间的关系，我将在别的文章里详细阐述。总之，在今天这个由讴歌自由的个体组成的法理社会中诞生的作品，从健全性的角度来说，远远比不上从礼俗社会的紧密共同体中诞生的作品。因此，健全之美的出处，不如说是来自超越了实用与技术的彼方。

（1979）

谦逊、简朴又纯洁的形态——注连绳

注连绳令人心生肃穆，精神也为之一振。它的外形干净朴素，柔和又带有暖意，清新并富有张力，整体给人的感觉十分谦逊。无垢清明的注连绳能够洗涤尘世所有污秽，可以说是日本人深邃内心的具象化，日本文化形态的源泉正是由此而生。

温饱后才能劳作。日本的风土气候受惠于丰沛的雨量，自然适合稻作。在老天的眷顾下，通过水稻耕作得来的大米，成了日本民族的活力之源。打谷所剩的稻草，也可以说是形成日本文化形态的基础。对于日本人来说，稻草可以说是最容易取得，也最为丰富的日常用品的材料。我们在稻草上出生，在婴儿笼（日本东北地区供婴儿睡觉的桶形稻草笼）里长大，在草席上玩耍，在榻榻米上死亡，与稻草一起被烧成灰烬，消逝在天地间。所以对日本人来说，稻草是一辈子都无法离开的伙伴。大米吃进肚子里后化为民族的活力，而编织稻草又形成了日本文化的源头。

弥生时代之前的日本人采取摘穗法，只摘稻穗不割稻梗，不过后来便连稻梗也一并割下，只留下根部。听说如今东南亚等地的国家大多数还是采用摘穗法，把稻梗留在田里。所以在稻草的利用率上，日本人自然占了压倒性的优势。而作为材料，日本的稻草在品质上也比其他国家更加优秀。稻草是我们身边最容易获得的材料，便宜、耐用、轻巧、柔软，同时还很强韧，便于加工。再加上稻草拥有高透气性，防水，且具备优异的保温性,稻草制品自然成了日本人生活中不可或缺的用具。

稻梗上有许多节,稻穗下的第一节叫作"穗首",第二节叫作"一节",接着往下是"二节""三节"。从第一节长出来的叶子叫作"先叶",从第二、三节长出来的叶子叫作"上叶",之后的叶子统统叫作"下叶"。"穗首"虽然很细,但强韧优美,常用来制作头上的装饰、绳索或网。至于稻节,则利用它的粗度跟强度做成草鞋等产品(只用到"二节"为止)。上叶虽然很轻柔,但也很强韧,可以用来强化稻草制品。下叶细长而柔软,可以用来做成垫子或充当填充物。通常在制作草绳和粗草席时会用到整根稻草,但会根据不同用途,利用不同部位的特性来编织各种形状。在编织草绳时,先把几根稻草搓成一根,再把搓好的两根捻在一起,这种叫作"二本绳",若将三根搓在一起,则为"三本绳"。"二本绳"容易散开,不够坚韧,也不如"三本绳"美观。另外,从左向右搓成的绳子叫作"右编绳",通常我们使用的绳子都是右编绳。然而有趣的是,注连绳却是"左编绳"。可能是因为注连绳是标志着神明所在之处的神圣之物,不适合与纷扰俗世里的绳子采取同样的编法。

"注连绳"与"标识"在日语中是同义词,它起初用于标识地界或表明禁止出入,后来成了标识圣域的圣绳,用来区别清净与不净之地。因此,在神社的鸟居或拜殿前都会绑上注连绳,在斋戒处和神器周围也会绑上注连绳。换句话说,注连绳的另一侧就是神明所在的圣域。在日本,神所在的圣域与其说是大片晴空下的净土,不如说更像是"无"的世界。这与

日本之形・世界之貌 165

基督教与佛教中宗教意味浓厚的场所截然不同,是清澈的"无"的世界。基督教和佛教在一开始想必也是以更简朴纯粹的姿态出现,然而随着发展为成熟的大型宗教,便多了各种繁文缛节。在日本自古以来的信仰中,本来就没有萨满教或泛灵论等原始宗教中的巫力般的形式,而是偏向展现最原始纯真的人们自然而然地产生信仰的状态。在日本这块罕见的备受大自然眷顾的土地上,人们与其说对神怀有恐惧之情,不如说是把自然本身看作神,热爱自然,并通过融入自然、在自然中静静地生活,来保有一颗平和的心。

虽然注连绳的另一侧有神社、神镜的本尊、神木常绿树、神币、供品等,但它们都呈现出朴实谦逊的样貌,融入自然中。可以说日本最原始的面貌正是与自然融为一体。神主的祝词也不是什么艰深的教义,仅是与天照大神相关的神话故事。参拜者也只是站在注连绳前面简单地拍几下手,静静地闭上眼睛。对人们来说,注连绳的另一端并没有什么令人害怕的神明,只有令人感到宁静祥和的空无。

当日本人站在注连绳前,接触到那纯净而清澈的空无的气息时,便会觉得内心十分安详。不对,或许日本人正是为了让自己感到安心,才编织出了注连绳这样优美高洁的形态。在编织注连绳时,柔和温润的稻草无疑是最适合的材料,颜色是"白茶宇袴"[1]的淡茶色,低调典雅,同时又具有新意,可以说是一种毫不谄媚的非常有日本风格的颜色。稻草不仅强韧牢固,还有一定的弧度,稍加揉搓便呈现出丰富的起伏,同时又能表现富有张力的形状。总的来说,注连绳的造型素净又简洁,不过分显扬,也不与外界对抗,清贫又美丽。只要一站在注连绳前,那清冽的灵气便会在人们的脑海中"唰"地掠过,使人达到"无"的境界。

在正月,人们会在大门或玄关处悬挂注连绳,这是为了除去过去一年积累的污秽,同时赶走新一年的厄运,保佑家里平平安安。通常在正月的注连绳上会绑上象征吉祥的山珍(蕨类植物里白)与海味(虾),有的还会绑上洁白干净的神币,不过最终还是要保持谦逊整洁的外观,以免破坏注连绳的简朴纯净。

相扑横纲力士在腰间缠绕的注连绳则象征着净身,表示会在神的面前全力以赴,展现出不愧于神明的实力。日本人在做任何事情时,都有先要净身的观念。而注连绳正是这种观念的体现,是极为日式的形态。

(1982)

(1)白茶宇袴是一种近似塔夫绸的轻薄的纺织物,"茶宇"是其发源地印度南部焦尔地区(Chaul)的音译。常用于制作夏天的男性袴装。

花纹折纸

"花纹折纸"由内山光弘先生发明,彰显了日本传统造型的同时,呈现出非常时髦新鲜的样貌。这种折纸艺术作为连接过去与未来的现代表现形式,是非常宝贵的存在。

日本的传统折纸以白鹤、头盔、鸢尾、供盘等日本的花鸟或器具为主题,借由折纸技术捕捉每种事物的造型特征,通过突出、简化、凝聚等手法制作精美的作品。这些作品之所以能够产生,都要倚靠纤维强韧的和纸。这些通过折纸产生的造型简洁明快,满足了日本人想把每一条线都折得恰恰当当的意图,是一种细腻优雅的游戏。这种游戏从上一代传到这一代,又从这一代传到下一代,展现出纯粹的日本传统的魅力。

或许因为人们不满足于传统的折纸造型,如今出现了许多精雕细琢的现代折法,能够把动物或人像折得十分逼真。这些折法巧妙归巧妙,却过于拘泥技法,忽视了表现,失去了折纸简单明快又质朴有力的优点。现代的折纸都太过追求写实,硬要在某些地方折线、裁剪、刻画,反而失去了力道,让作品显得很不自然。而传统折纸则是遵循了正方形纸的特性,衍生出各种真诚又精彩的造型。与一成不变的传统折纸相比,现代的折纸造型可以说完全暴露出了自身的贫乏。

内山光弘研究出的新式花纹折纸遵循自然的法则,给人明快又新颖的感觉。传统折纸会先将正方形或正多边形纸张的各个角折起,在中心点交叉并互相嵌入,呈现出风车般的

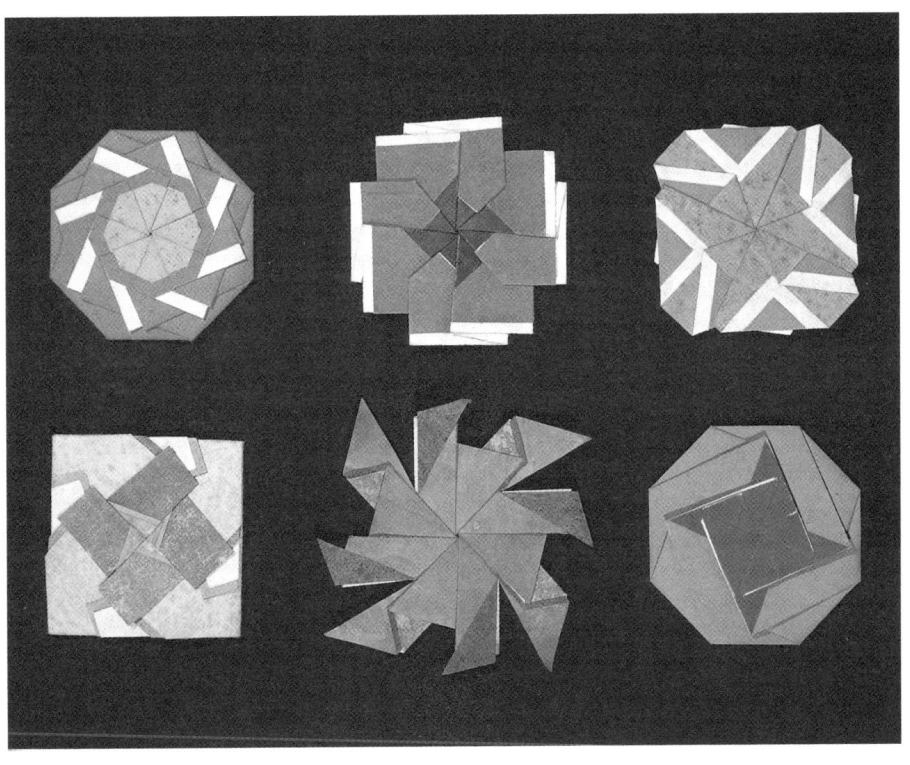

螺旋式纹样。而内山光弘在这种折法的基础上加入了自己的创意，在中心点将各种颜色的色纸重叠并翻折，衍生出无限种精彩的图案。在迷上这些菱形式样后，内山光弘将自己的半生（约五十年）投入其中，钻研各种复杂又明快的折纸技巧，丰富了折纸的变化。

花纹折法可以衍生出无限种几何花样，并且由于以数学法则为依据，一定会有正中心，图案便从中心向四方均等地离心发散。这些由直线架构的图案产生了一种马克思·比尔[1]的抽象画般的现代感。马克思·比尔的抽象画想必来源于他个人的审美意识，而花纹折法却建立在数学法则之上，是通过法则自然产生的形态。马克思·比尔的抽象画是艺术家的意识活动，所以会有优劣之分，然而花纹折法是遵循自然法则的产物，能够展示出不同模式下的生动之美。虽然也需要人类手工制作，但它依旧遵循"自然法则"这项神之规律。再加上它以"数学"这一现代技术作为媒介，呈现出非常现代的时髦感。

构成现代设计基础的重要因素就是如何想出好的创意，以及如何创造新的美。为此当今社会进行了各种实验。在这点上，花纹折法尤为令我感动，使我无论如何都想把内山先生的意志传承发展下去。

内山先生最初使用的是色纸与染色和纸，然而他不满足于此，最终开始自己涂抹颜料，并为和纸染色。特别是圆点图案的和纸，更是由内山先生独创的染色方法制成。

我第一次见到内山先生应该是在昭和四十年（1965年）左右。那时88岁高龄的内山先生正因咽喉癌住院。当我看见他正坐在床上，努力地折着花纹折纸的样子时，真是又惊讶又感动。后来我每周都会去探望他一两次，顺便带些折纸用的和纸过去，有时也会带着我们研究所里的年轻人去他家或医院拜访。

那时研究花纹折纸的人很少，我对内山先生感到十分敬佩，也尽可能地提供了各种帮助与鼓励。内山先生也十分开心，在过世之前专心地为花纹折纸奉献了全部生命。他有时在家里疗养，有时在医院治疗，就连咯血的时候，都依旧保持正坐的姿态，专注于花纹折纸。他的身影使我感受到了一种崇高的魄力。

内山先生不愧是入了僧籍的人，非常注重精神的力量（他的儿子是京都有名的游历禅僧内山兴正先生）。同时他也是在印刷技术史上留名的人物，发明了轻型印刷机，非常擅长动手制作。另外他还是写蝇头小楷的名家。无论是与我见面，看报纸，还是看向小小的针孔（花纹折法的记号）时，他从来都不戴眼镜。他那超群的专注力与从不厌倦的热情，实在令人叹服不已。

内山先生创作的花纹折纸如今已由民艺馆接手保管。既然有幸保管，当然要把这些优秀的作品视为人类的珍宝好好珍藏。此外，我还希望能把这些好不容易保留下来的庞大的作品资料整理成册，把花纹折纸的美与折纸方法介绍给世人。

相信在天国的内山先生和翘首盼望这本书问世的各界人士在看到此书后，必然会明白内山先生的花纹折纸是多么杰出的折纸艺术，从而发自内心地感到欢喜。

（1982）

(1) 马克思·比尔（Max Bill, 1908—1994），瑞士知名雕塑家、建筑师和平面设计大师。

对糕点模具之美的思考

在日本的糕点铺中,有很多"老字号"非常看重象征自家店铺的糕点造型本身,所以十分倚仗糕点模具师,其制作的糕点模具决定该店贩卖的糕点外形。越是有名的糕点铺,越会聘请技术高超的模具师到自己店里工作。而模具师因为靠手艺吃饭,具有工匠的傲气,能与店主平起平坐,有时地位甚至比店主还高。

模具的雕刻主题一般都是象征日本传统生活文化的事物,例如,松、竹、梅、樱、桃、菊、笋、松茸、鲷鱼、虾等,多带有吉祥寓意。这些主题模具当然先要由糕点铺下订单,再由模具师把刀尖凿进硬木(主要是樱花木),依据自己的品位雕刻而成。糕点模具的特别之处在于它是向内凹陷的,与实际的糕点形状正相反,因此在下刀时,要提前预想出糕点的形态。不过介于模具师每天都在雕刻模具,所以这对他们来说并不是什么难事。而且雕刻的主题总是那些传统图案,非常稳定。有趣的是,据说由于那些手艺高超的师傅熟悉刻刀的用法、雕刻速度很快,所以做出的成品非常有气势。用木材制成的模具,自然也有用木材才能实现的图案。虽然也有用金属或陶瓷制成的糕点模具,但做出来的糕点与用木模所做的完全不同。听说也有人试过用塑料模具代替木模,但总是欠缺一些气势,糕点也很难脱模。在木模中,用过几次的模具比刚做好的新模具更好用,而且更加圆润,呈现出柔和优美的形态。

日本之形・世界之貌　173

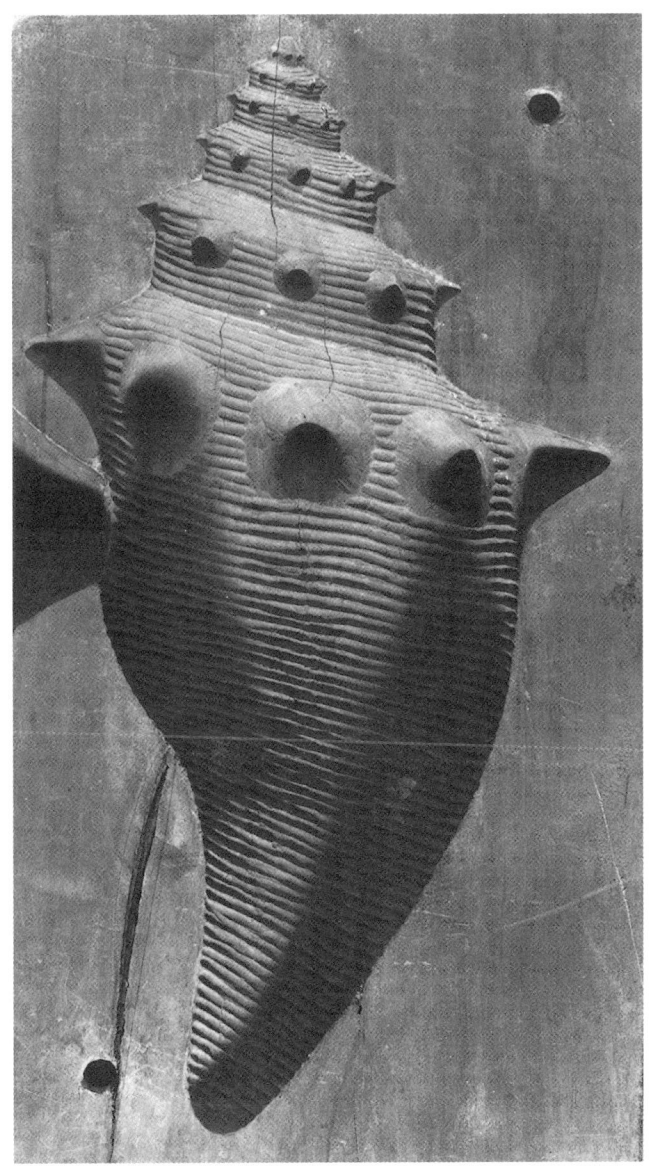

糕点模具与糕点相反，是内凹的结构，所以即使糕点的造型有些奇怪，从模具也难以看出，反而给人一种不可思议的感觉，很有魅力。就算糕点本身的设计令人不快，就算是用来量产普通糕点的金属模具，由于是从相反的角度看，非但不会引人不悦，还会显出不可思议的有趣形态。

糕点木模的造型由利刃雕刻而成，有种手工制品特有的韵味，正能展现出手工艺品的美好。可以说，好的糕点模具正是工艺精神的体现，而越是好的糕点模具，在雕刻时就越会考虑到糕点脱模难度的问题，或者会在造型时考虑如何不让糕点的外形损坏。糕点模具的外缘线条一般会雕得粗一些，使糕点的外缘松软厚实，更容易脱模，外形也不容易损毁。那简洁大胆的造型正是糕点模具特有的形状，优美又有力。有些模具师仗着自己手艺高超，会把模具雕刻得很精美，试图追求写实性的表现，或是过于艺术，结果就是乍看之下很美，却削弱了糕点的表现力，脱离了糕点模具原本的健全姿态。糕点模具需要将表现对象化为象征图案，形状越是简洁，就越具有独特而强烈的美感。可以说，模具图案把日本的传统生活文化进一步精练为只能用木模表现的形态。

日本的糕点之所以会在一定程度上发展蓬勃，离不开日本的茶文化。但如果在制作糕点模具时对茶过于在意，难免会显得小家子气，过于拘谨，缺少一份从容。而用来制作献给宫殿或贵族府邸等高贵场所的糕点的模具，为了追求高雅而偏向炫技，过于注重优美，反而远离了糕点模具原本的健康之美。糕点模具本来就是最为庶民化的物品,可以说糕点模具呈现了将庶民的内心之美,也就是日本民族的生活文化凝聚于一身的最具日式风格的纯粹姿态。

(1979)

对泼釉的思考

　　滨田庄司先生利用泼釉法，在他的大盘子上挥洒出气势恢宏的线条，尽可能地使其自然而不造作。听说他会站在距离盘缘稍远的地方，凭借气势用勺子把釉药挥洒到盘子上。有人认为洒在盘外的釉药有些可惜，但根据滨田庄司先生的说法，那些釉药并没有被白白浪费。正因为有了这些被洒在盘外的釉药，盘中的线条才富有生气，强而有力。在滨田先生的部分作品中，盘面的粗线旁边会有断断续续的水滴般的细线，形成了难以言喻的韵味。然而实际上，他并没有运用什么技巧，只是因为勺子上锈出了一些小洞，在挥洒釉药时自然会有部分釉药从小洞中流出。看到我写的这些，有些制陶人可能也想追求类似的效果，在勺子上打洞。但那样做是不可能顺利成功的，因为刻意打洞的行为已经违背了自然。

　　茶碗在窑火中会自然而然地发生歪斜和凹陷，呈现出美丽的线条。起初发现这种美感价值的应该是精通茶道的人，后来偶尔会出现一些陶瓷茶具的制作者，在意识到这种美感之后，刻意地把茶碗歪曲变形，我每次看到那样的作品都非常不快。不可思议的是，不管制作者再怎么刻意地追求自然，那些作品仍然暴露出对神明的冒犯，呈现出令人不快的丑恶形态。而滨田庄司先生则是把一切交给自然，任凭釉药挥洒。那是超越了意识的无意识，也就是有意进行的无意识行动。当然，"绝对的无意识"是不可能实现的，因为滨田庄司先生毕竟也是品尝过智慧果实的人类，有对美的认知。就算他真的有办法无限趋近于无意识,也不可能达到纯粹的"无",即神的境地。

　　从纯粹的民窑中诞生的民间陶艺作品,例如,过去的小代烧的泼釉,就非常自由奔放。在陶瓷工匠构思风格之前,釉药已经在器皿上自由地跳跃、流泻,呈现出令人完全预想不到的偶然的线条,那就是无意识之美,与现代画家乔治·马蒂厄⁽¹⁾ 站在离画布几米远的地方朝画布挥洒颜料的行动绘画相同。只是马蒂厄身为一名艺术家,追求的是无意识之美,而小代烧那些无名陶匠则没有那种艺术审美意识,只是纯粹的工匠。此外,制陶工匠倾洒的釉药也不像马蒂厄丢到画布上的颜料那么直接。釉药必须要在窑中过一遍火,通过火焰那神秘而不可思议的魔力,泼洒在器皿上的釉药会融入下层的底釉里,呈现出难以言喻的神迹般的梦幻姿态。此外,民窑出品的陶器绝不会脱离实用这一目的,这正是民艺本来的必然的形态,所以上面的图案也不能脱离实用,美与用途不即不离,构成整体。因此,民窑制造出的陶器确实与"为民所用"这一土壤紧密相连,呈现出蓬勃的朝气与安定感,非常健全。相对而言,行动绘画只是单纯地追求审美效果,是为了美而美,将用途及其他因素完全舍弃,也因此脱离了大众,前景岌岌可危。并且那些只追求美的艺术家也不过是个背负了无数烦恼的人类,很难保有纯粹的内心。天才或许是例外能达到纯粹的状态的人,但即便是天才,也无法将意识彻底放开。如果无法到达超越意识的无意识的境界,就无法创造出纯粹的美。而为了达到纯粹,即使是天才,也仍然需要神的启示。

天才毕加索曾经对在绘画过程中遇到的不可思议的自动化现象很感兴趣。换句话说，他意识到了超越自身意识的行为，即无意识的魔力。正好在同一时期，当时最前卫的艺术家对各种无意识创作进行了探索，体会到拼贴、摹拓、移画印花法或由多人接龙完成的"优美尸骸"游戏[2]等带来的无意识之美的奇妙。他们还将弗洛伊德的精神分析理论作为理论基础。但分析神启的做法本身，就意味着背离了神，容易陷入脱离了无意识现象本质的唯心论。不管怎么说，这些尝试忠实地反映了无意识现象的魔力的无限可能性，这点非常有趣。

绘画是一件依靠自身力量的"自力本愿"行为，滨田庄司先生深知这种行为的困难，便大量采用泼釉手法，作为一种"他力本愿"的创作手段。这种无意识的顺应自然的形态深受日本人喜爱。国外当然也有一些采用泼釉手法的作品，但并没有日本这么多。

至于在当今的机械时代是否能将泼釉法广泛应用，恐怕很有难度。不，应该说想通过以精确为优势的机械生产方式实现泼釉或窑变等偶然的成果，本身就是不合理的事情。毕竟这些产品属于手工艺时代，只有发挥手工艺品的长处，才能在现代生存下去。

然而，如果要问"他力本愿"的创作手法能不能在现今的机械时代存在，我敢断言比起作为制作手工艺品的手段，这种手法在机械生产的设计上更有必要。例如，平面设计由于需要通过印刷机这一手段来表现，才意外地得出了只有印刷机才能表现出的新式平面效果，这是过去无法凭借人类之手实现的表现形式。超越人类力量的正是科学的力量、神的力量，如果不使用借助外力的手法,相信我们绝对无法创作出那种新鲜的印刷物特有的蓬勃向上的美。

在桥梁设计上也是同样,地伟达法[3]、悬索桥[4]和斜拉桥[5]的工法等,这些自然都是人类思考出的方法,却也都遵循了结构原理、数学原理和科学原理,全是依循自然法则的产物,是人类获知的神的启示。如果不借助、遵循、活用这种力量,我们就不可能设计出现代化的优美桥梁。换句话说,在科学时代,我们需要把科学视为一种可依靠的力量善加利用,这样才能使新一代的美焕发无限生机,迈向未来。

正因为在现代,"他力本愿"的思想才尤为必要。而也正因处在机械时代,民艺之"法"(dharma)才更加熠熠生辉。

(1979)

(1)乔治·马蒂厄(Georges Mathieu,1921—2012),法国抽象艺术家。
(2)"优美尸骸"原文为法语cadavre exquis,一种文字游戏,参与者随意写下词语,再将各人的词语连接成句。据参与者回忆最初得到的句子是"Le cadavre exquis boira le vin nouveau(优美的尸骸应喝新酒)",游戏因此得名。此后发展出该游戏的绘画版本,20世纪初许多艺术家如安德烈·布勒东(André Breton)、马塞尔·杜尚(Marcel Duchamp)、伊夫·唐吉(Yves Tanguy)、胡安·米罗(Joan Miró)都热衷于此,留下了很多有趣的作品。
(3)德国工程公司地伟达(DYWIDAG)开发的一种施工方法,主要采用高强粗钢筋作为预应力筋使用。这种方法施工简便,可有效地对各种结构体系施加预应力,自1956年以来,广泛用于世界各地桥梁道路等工程建设。
(4)悬索桥(suspension bridge),上部主要承重构件是以桥塔悬挂并锚固于桥两端的主缆,主缆接近抛物线,下置垂直吊索吊住桥面,如浙江的西堠门大桥、香港的青马大桥。
(5)斜拉桥(cable-stayed bridge),桥的主梁以许多斜拉索直接拉在桥塔,由承压的塔、受拉的索和承弯的梁体组成,如江苏的苏通长江大桥、上海的南浦大桥和杨浦大桥。

拜见怀山面具

去年年底,铃木繁男[1]先生曾经来到民艺馆,拿给我几张面具照片。我一看便惊艳不已,忙问他面具的出处,结果就是离铃木繁男先生家不远的天龙川附近的深山。照片是铃木先生的友人山内武志[2]先生寄给他的,因为想让我看看,就拿了过来。铃木先生本人也还没看过实物,于是我们便约好一起去看。然而他刚回到家,就给我发来信息,说"奥内"祭典(在年初祈祷五谷丰登的仪式)将在正月初三举行,届时会有人佩戴那种面具。虽然十分仓促,但我还是无论如何都想看看那面具,便决定在山内先生的带领下去一探究竟。

在"奥内"祭典上,人们把面具戴在额头上跳舞。说是跳舞,动作却非常简单质朴,更像是神主拿着神木叶驱恶消灾的仪式。"奥内"简单的动作与优雅流畅的高雅舞蹈不同,却也颇具美感。佩戴在额头上的面具也与这种动作相符,非常质朴,充满原始的美。

在第一次看到照片时,我猛然觉得:这不是非洲的原始面具吗?这张面具就是如此朴素、直接、粗犷,甚至有一种粗野的强劲力量。

一般提到面具,大家都会想起伎乐面具、舞乐面具以及能面等面具,但"奥内"的面具与传统的贵族式的高雅面具截然不同。虽然从"奥内"面具中可以看到日本传统"老翁

面具"的影响，但它的"老翁"形象是扎根于庶民生活中的百姓。相信这张面具与制作日期、背后的来历等时代与历史背景并没有太大的联系。

这张面具的制作手法可以说是有点幼稚，也许并非出自面具制作专家之手，只是当地百姓出于纯粹的祈祷当年收成的心情，用从未做过雕刻工作的手努力雕成的。即使再拙劣，这张面具也绝对属于纯粹的民艺的范畴。这是一张展现了人类生活原点的原始性面具，与知名前卫艺术家毕加索与保罗·克利[3]盛赞的非洲原始面具有异曲同工之妙，令我们现代人为之倾倒。这正是一张展现了人类的潜意识，也就是所谓的原欲（libido）的面具。

在欣赏完精彩的怀山面具后，我们听说在怀山近郊的横山也有同样的面具，便去一探究竟。横山的面具也许是出自有经验的匠人之手，显得比较柔和，不过整体依然有一种强烈的质朴感，非常动人。当地现在已经不再举行任何祭典，所以没人知道雕刻那些面具究竟是出于什么目的。

其中有一张老翁面具（左页），展现出了在当地务农的老翁饱经风霜的勇猛样貌。制作者用凿子刻出了深深的直线作为皱纹，想必是为了表现老翁的容貌，一看就是外行。然而这个面具却传神地表现出了百姓的面貌，是令我印象最深的面具。

我对怀山面具和横山面具的由来和历史一无所知，只是把自己最初的印象记述了下来。由于过于感动，我情不自禁地胡乱写下了这些感想,还请各位海涵。

(1992)

(1)铃木繁男(1914—2003),陶瓷、漆工艺作家,民艺运动参与者,曾师从柳宗悦。《工艺》杂志的封面大量采用了其作品。
(2)山内武志,型染作家,师从芹泽銈介,在静冈县滨松市(天龙川下游)设立了山内染色工坊。
(3)保罗·克利(Paul Klee,1879—1940),瑞士裔德国画家,20世纪20年代任教于包豪斯。早期受象征主义影响,后期转向超现实主义、立体主义、表现主义,其和毕加索的画作均受非洲面具启发。

红瓦上的风狮爷

在冲绳,经常能看见表情奇特的狮子轻巧地立在为数不多的红瓦屋顶上。这些狮子通常被叫作风狮爷(有些地方也称为虎),是辟邪之物,即可以除掉降临到家里的一切灾厄的守护神。凑近一点可以看出,这些风狮爷有的是狗脸,有的是狼脸,有的是人脸,有的是妖怪,还有一些十分有趣的脸,千变万化,活灵活现,令人不禁被其深深吸引。

这些风狮爷都是冲绳的瓦匠在铺好屋顶之后,直接在屋顶上制作并安装的。制作时需要用破损的红瓦碎片组成骨架,再用平铲与抹刀把搭建屋顶时用的灰泥(珊瑚烧成的石灰石,最近还会掺些混凝土)抹在骨架上塑形。虽然灰泥是白色的,但瓦匠会把红瓦磨成粉,涂在风狮爷的嘴巴跟身体各处,有的还会用墨水在风狮爷的鬃毛上画出黑色线条。由于屋顶斜度很大,需要先叠放几块碎红瓦,把斜面垫平,然后再用灰泥糊出底座,把风狮爷牢牢固定在上面。

不知是不是为了震慑住从天而降的灾厄,风狮爷的嘴巴张得很大,龇牙咧嘴。又或许是为了威慑来犯的恶魔,它们的眼球外凸,睥睨四方。风狮爷的姿势千变万化,或蹲踞,或横躺,或抱球端坐,或飞跃在空中捕捉猎物,或在屋顶上扬起头瞪视前方。

风狮爷面朝的方位各有不同,但大多都朝着家门前的马路或影壁(内院的遮挡隔断),也就是基本朝向房屋的正面。

也有风狮爷朝着东北方这一忌讳的方向（艮），以除灾去煞。还有一种朝向后山的被称为"火伏"的风狮爷，用来镇压山火。例如位于冲绳本岛南方的八重濑岳一带，那里民宅上的风狮爷几乎全都面向山林。

琉球王朝时代对住宅规范有严格的限制，所以直到明治时代之后，民宅才开始砌上红瓦。也就是说现在距离用红瓦跟白灰塑成的风狮爷出现，还不到一百年的时间。据说在更早之前，当地原本还有一种陶制（素陶器）的风狮爷，然而或许是因为陶制风狮爷过于精巧，反而少了几分魄力。再加上当时只有上流阶层才能使用红瓦，所以陶制风狮爷比起辟邪功能，更带了些装饰意味，反映出贵族的艺术取向，少了一分力道。陶制风狮爷的产地是自古制陶的冲绳壶屋地区，那里现在仍在制作陶制风狮爷，不过大多都已经沦为装饰品，有的还变成了上釉的摆件，被当作土特产贩卖，堕落成毫无灵魂的低俗趣味。

而用红瓦跟白灰塑成的风狮爷则完全是从庶民生活中诞生的，即使雕刻技巧远比陶塑风狮爷稚拙，却凝结着平民百姓对除魔消灾的纯粹渴望，因此可以说是民艺的强大力量的结晶。这些风狮爷是缺乏雕塑专业素养的瓦匠在砌完屋瓦后的最后一道工序，所以神态各异，极富变化。并且，由于制作者在制作时怀抱着极为质朴的信念，希望能凭这尊石雕驱魔消灾，所以每尊雕塑都颇具魄力。就以风狮爷的鬃毛来说，陶塑风狮爷是呈现出美丽旋涡的卷发，面部表情也非常写实，虽别致却缺少魄力。但用红瓦跟白灰做成的风狮爷的鬃毛线条粗犷随性，反而呈现出刚健质朴的力道，让人感受到强烈

的魄力。

据说屋顶上的风狮爷的全盛时期是昭和初年（1926年）到昭和十年（1935年），可惜战前的风狮爷几乎已被破坏殆尽，幸存下来的少之又少。当然，冲绳民众对于屋顶上的风狮爷的信仰与喜爱并未被战争磨灭，在昭和二十五年（1950年）后的十年间，冲绳人民又制作了大量的风狮爷，现存的大多是这段时间的产物。越古老的风狮爷，越会在风吹雨淋的岁月中不断风化、残损、褪色，最终被人忽视。但这样的变化在造型上也十分有趣。

当冲绳回归日本后，传统的木造红瓦民宅也被卷入了经济成长的旋涡之中，逐渐被拆毁，被流行的新式混凝土平顶建筑取代，自然也没有人再制作屋顶上的风狮爷。老一辈人还保有信仰上的崇敬之情，对家里的风狮爷十分爱惜；但新一代人对于神佛毫无畏惧之心，对风狮爷自然也没有兴趣，因此随着房子的损毁，屋顶上的风狮爷也一并被捣毁，最好的命运也不过是被丢弃在角落。

转瞬之间，如此精彩的冲绳文化居然即将消失得无影无踪，真让人感到悲哀。

（1982）

拉达克的工艺文化

我曾遇见一位老婆婆步履蹒跚地走在遍地都是瓦砾的险峻荒凉的山路上,她头戴一顶轻巧的形状奇特的帽子,一边念诵"唵嘛呢叭咪吽,唵嘛呢叭咪吽",一边转动手中的转经筒。她那头戴"拉达克帽"(Ladakh tibi)的模样,至今仍鲜明地映在我脑海中。

两年前,拉达克展在池袋西武美术馆举行。当我看到曼陀罗壁画的巨幅照片时,那强烈的表现力令我战栗不已。在熊熊燃烧的烈焰前,高约两米多的巨大守护尊怀抱着几近裸体的妃子怒视着观众,那愤怒而充满魄力的姿态令人大吃一惊。隔壁展厅是当时日本代表性的年轻艺术家与设计师的作品,乏善可陈的现代造型与拉达克壁画相比简直不值一提,甚至令人感到可怜。进入那个展厅的人很少,大家都直接走过,而拉达克的展厅则是人挤人的盛况,就连小孩子都呆立在画作前看得目不转睛,那景象实在令人难忘。这强烈的冲击在我的脑海里留下了烙印,使我越发心痒,终于在最近去了一趟拉达克。

拉达克的中心列城(Leh)是个位于印度西北端,离中国与巴基斯坦的国境很近的村子。它被夹在喜马拉雅山脉与喀喇昆仑山脉之间,坐落在群山深处的小盆地中,需要从克什米尔邦的避暑胜地斯利那加坐巴士三天两夜,翻越三座3500—4000米的高山才能抵达,所以在临走时有人还提醒我注意高原反应。然而等到达后,看着眼前无比荒凉,只能用壮阔两字形容的景观，我仿佛来到了月球一般，不住感叹："天哪——这究竟是什么！"据说喜马拉雅山是沉积岩，然而原本水平的岩层却都高高隆起，形成近乎垂直地表、高耸入云的陡峭山峰。这脆弱的地层朝着印度河的方向崩陷，形成了巨大的瓦砾山，仿佛横挡在我们面前。

印度河的浊流从谷底奔涌而过。这里虽然也是喜马拉雅山麓的一部分，却完全没有季风，几乎从不下雨。不知是因为这个缘故，还是因为山上的土石一直在崩落，这里寸草不生，看不见一丝绿意，更不用说什么鸟兽鱼虫，是片清冷荒凉的死地。只有在少数由沿着险峻山壁飞泻而下的河流形成的峡谷里有小片绿洲，而拉达克的住宅就坐落在紧靠绿洲的地方。他们还从远处的深山沿着陡壁削出了长长的水路以积攒雪水，借此开垦出了一些田地，使人们得以生存。这里空气稀薄干燥，白天热晚上冷，冬季冰天雪地，除了夏季的四个月以外，对外交通完全中断。

为什么会有人来到这片条件如此严酷、不宜人居的土地呢？他们过着怎样的生活？不用说，能供人居住的地方少得可怜，所以自然不能收留很多人，也不可能让兄弟们瓜分田地。一妻多夫制似乎就是在这种贫瘠的状况下诞生的家庭制度。据说他们规定只有长媳才有生育权，以此来调节人口。

此外，每家至少要有一人出家入僧籍。拉达克的僧人自然不能娶妻生子，而且据说僧人的训练严苛得令人难以想象。曾经有一位黑美寺（Hemis Gompa）的老僧一脸哀伤地对我倾诉"最近因难以忍受严格训练而逃走的僧人越来越多，尤其是刚过四十岁的僧人，逃跑的概率最大"。那些逃跑的人大概是觉得，若想回到俗世的生活，四十岁是他们最后的机会了。在从前，想从险峻荒凉的深山里逃脱想必非常困难，毕竟这里离尘世太远，搞不好在逃跑的路上就会倒下，死在严峻的大自然中。然而如今连拉达克也开辟了车道，涌进许多像我们这样的观光客，这种情况或许也让原本信仰虔诚的当地人的内心产生了动摇。现代化腐蚀了纯真的心，真是罪孽深重。

对在严酷的自然中生存下来的人们来说，想必只有火焰这种激烈的祈祷方式才能使他们得到救赎。拉达克的寺院里画有许多佛像，大多以愤怒的表情睥睨观者。一踏进佛堂，便能看到左右壁面上画满了烈焰中的守护尊跟护法尊，几乎都多面多手，其中几只手握着人头与头盖骨，脚下踩着异教之神，腰上缠着虎皮或由人头组成的腰带。壁画全以浓烈的红、蓝、黄原色组成，特别是发狂的佛尊手上通常紧抱着裸露的妃子，在我们这些外来者眼中非常不可思议，极具魄力。但在拉达克人心中，这种愤怒的姿态带来的恐惧感，正是用来战胜烦恼的最大教谕。总的来说，这一景象委实使观者感到毛骨悚然。

拉达克的僧侣与不丹、锡金的僧侣一样，都称为宁玛派，身穿绛紫色的朴素棉质法衣。而一般农民则穿着黑色或茶色的低调纯色服饰，腰上绑着红色或蓝色的纯色腰带，打扮得简洁朴素。然而他们脚上穿的鞋子类似中长靴，前端翘起，显得很有趣。厚羊皮的鞋底十分柔软，上面覆盖了一圈类似毛毡的毛织布料，下方则缠着绞染花纹的细长布条，颜色华丽，十分可爱，且轻便保暖，穿起来很舒服。

尤为引人注目的是人们头上那造型奇特的拉达克帽，它状似圆顶礼帽，帽檐在两侧耳边翘起。拉达克的男女不管去

哪里，都一定会戴这种帽子，颜色有黑色和茶色，用红布做内衬，戴在头上十分轻巧。虽然看上去有点滑稽，却也潇洒别致。此外，在拉达克还有一种被称为佩拉克帽（perak）的帽子，仅限女性佩戴。两侧翘起的帽檐比拉达克帽还大，像象耳一样。无论是拉达克帽还是佩拉克帽，起初都是为了御寒而设计的护耳用具，后来便固定成一种造型。拉达克帽的外形非常简单，佩拉克帽的上面则密密麻麻地镶了约一百颗绿松石，还有一条多处镶有银饰的红色宽布，从前额一直垂到后颈下方，华丽炫目。佩拉克帽非常重，看起来很不实用，但听说当地妇女连下田时也稀松平常地把它戴在头上。佩拉克帽往往世代传承，由祖母传给母亲，母亲再传给女儿，是当地人十分珍惜的物品。而在背后，就在佩拉克帽垂下的布条左侧，几条小巧的红色珊瑚串珠垂在身后，排成一片，与佩拉克帽上的绿松石相映成趣，非常美丽。

西藏妇女似乎都喜欢佩戴首饰，拉达克妇女更是如此，他们佩戴的首饰无论在种类还是数量上都胜过其他地区。除了用银、黄铜、珊瑚、绿松石、宝螺等材料做成的项链之外，缠在腰间的布条上也坠着各种饰品，例如，带有吉祥寓意的几何形大铜盘，用串珠串起的宝螺、铜勺、装有打火石的袋子，以及装有火枪弹药的皮袋等。她们将各种兼有实用价值的饰品都挂在身上。或许是为了衬托这些华丽的饰品，她们的服装反而非常简单，颜色低调。在这干燥无趣，满眼都是灰色的环境中，华丽的饰品或许是她们保持内心丰富的唯一慰藉。

拉达克的日常食物是糌粑和酥油茶。糌粑的做法是把大麦煎成粉，类似在日本把大麦炒熟后磨成面，再用勺子把粉末舀进红色漆碗里，加入适量茶水，用手指揉捏，捏成固体后即可放入口中。味道有点像日本的荞麦面糊，散发着麦香，非常好吃。用来揉捏糌粑的红色漆碗做成了内部凹陷的略带弧度的形状，以便手指活动。

拉达克的泡茶方式也很特别，需要把压制成固体的砖茶削下一些，用热水充分泡开，再倒入高达一米的细长筒子里，加入少许酥油和盐，再用棍子边捣边搅拌成混浊的液体，称为酥油茶。这种茶像汤一样，喝惯之后无论喝多少都不腻。用来捣拌酥油的长筒由木材制成，分为上、中、下三个组件，用数个铜环固定，外观十分优美。虽然不丹和尼泊尔地区的人也喝酥油茶，但这些地区的酥油茶筒比拉达克的小得多，或许是因为拉达克人身处干燥地带，需要喝更多茶的缘故。

有趣的是，当地还有用人的头盖骨做成的酒杯，甚至还有用人骨做成的串珠和项链，令我颇为震惊。而在佛寺里诵经时用来敲出"咚咚"声的双面手鼓，也有用头盖骨做成的。据说印度教徒会在亲人死后号啕大哭，但拉达克的藏传佛教信徒似乎不怎么哭泣，也许是因为拉达克人对轮回深信不疑，他们拥有从严酷的自然环境中生存下来的坚不可摧的信仰。

拉达克人口中经常吟诵的"唵嘛呢叭咪吽"是"南无阿弥陀佛"的意思，在路上经常能看到刻有这句话的石头，有时还会出现刻有这句话的牦牛头骨，宛如工艺品一般美丽。拉达克的工艺品就出自如此荒凉严峻的自然之中，且大多与藏传佛教有着千丝万缕的联系。

（1982）

尼泊尔之眼

在去尼泊尔时,好几次我站在如倒扣的碗般的圆顶上,一抬眼便看见那方形面孔上的一对大眼睛凝视着我,令我心里一惊,不由自主地停在原地,被那锐利的眼神深深吸引。那正是所谓的佛塔(stupa),又名"chaityas",是供养佛陀的建筑物,那对眼睛便象征了佛眼。佛塔上还有十三个高高叠起的圆环,顶部还覆有伞形塔冠。面孔部分是一个立方体,在东南西北四个面上都画着脸,因此四张脸上共有八只眼睛,睥睨着四面八方。佛塔有大有小,大的像博达哈大佛塔[1]一样,在直径大约五十米的多层底座上盖了一座高近三十米的超大佛塔。佛塔共有四种用途,一种用来供奉释迦牟尼佛的部分佛身,譬如头发;一种用来供奉释迦牟尼佛穿过的衣服;一种用来收藏佛祖曾经讲说过的佛典;一种用来供奉护身符。通常在大型的佛塔周围会散落着一些小佛塔。大型佛塔的下部底座由石头组成,部分石头上会覆上泥土种草,其他则抹上石膏,再涂上白色颜料。而小型佛塔则几乎全是由石头砌成。

佛塔之眼锐利得仿佛能穿透人心,威严得仿佛任何邪恶都难以近身,自在得仿佛天灾地祸也不会使它动摇,又温柔得仿佛以慈悲为怀。

在尼泊尔同时存在着印度教、佛教、藏传佛教与土著信仰,随处可见各式各样的寺院,它们各自拥有独特的造型,非常有趣。其中尤为雄伟的要数这座佛塔,仿佛大地蓦地隆起了一块,从顶部冒出了一张脸,瞪视着尘世间,令人感到非常可靠。

除了佛塔之外,在佛教、印度教的寺院或普通民宅的大门上也经常画着眼睛。那自然也是神佛之眼,会紧紧盯住所有靠近之物、所有进出之人。不止观形、观影,还能看透人心。通常左右各有一眼,也有在眉心再画一只眼的情况。在尼泊尔,位于正中央的第三只眼是竖着的,据说代表智慧,不用说,这是神佛的智慧,也就是所谓的慧眼。

尼泊尔之眼看到了过去、现在和未来。再细微的事物也逃不过这双眼睛,同时这双眼睛又能容下整个壮阔的宇宙,它是愤怒之眼、悲悯之眼、微笑之眼。尼泊尔之眼为何能散发出如此灿烂的光辉?尼泊尔的人民对它倾诉,爱戴它、敬畏它、相信它,向它祈祷。尼泊尔之眼至今仍保持清澈,没有失去它的光辉,然而在以文明为名、以现代化为名的阴影下,在被恶之花逐渐侵蚀的当今时代,这双清澈的眼睛究竟能闪耀到何时?尼泊尔之眼啊,愿你永远清澈美丽,凝视着世间万物,直至世界终结。

(1979)

(1)博达哈大佛塔(Boudhanath Stupa)位于加德满都,是亚洲乃至世界最大的覆钵式半圆形佛塔建筑。1979年作为加德满都谷地的一部分被列入世界文化遗产。

不丹的建筑与庆典

从十几年前开始,被称为"世界最后的秘境"的不丹逐渐放开了锁国政策。我无论如何都想去不丹看看。理由有两个,一是想看看在被机械文明扭曲、人性逐渐沦丧的今日,尚未消逝的人类生活原点的样子;一是想探索难以抵挡的现代化浪潮将如何侵蚀这和平的桃源乡。

坐上不丹政府派来迎接的巴士,翻过层层山峦,我们终于抵达了不丹的首都廷布,那时夜色已深。隔天早上,我醒来后在四处转了转,看见在淡绿色柳树林的彼方,小小的盆地里端坐着一座白色的宗堡。越是走近,宗堡就越显雄伟,但它并不是威严的宗堡,而是清洁静寂的宗堡。这座宗堡十分巨大,每边足有200米长,呈长方形,底座由众多石墩组成,高约10米。建筑物采用木材建成,直立在石墩上,下层石墩部分的白墙则直接向上延伸充当外墙,一直到建筑的二、三层。

在外城围墙内是用石头铺成的宽阔的广场,深处有两栋寺院。这两栋面对中庭正前方的建筑比外城建筑高出一截,下半部分的石块被涂成纯白色,上半部分的木质建筑则罕见地漆成了彩色。据说在前面的中庭上举办各种祭典和仪式时,会在这两栋寺院里招待国王或高僧等贵宾。

围住寺院和中庭广场的外城呈长方形布局,是二层楼高的带状建筑,四角还有四栋三层楼高的建筑。这些建筑的屋顶都很平缓,屋檐很深,水平外延的屋檐与垂直的墙面相映成趣,产生了干净利落的稳定感。再加上同等大小的窗户有节奏地排列在一起，甚至让人感受到一种现代感。它不像中国西藏著名的布达拉宫那么雄伟威严，也不像尼泊尔的寺院上有很多装饰跟雕塑，非常清爽素净。

宗堡自然具有作为城堡的防御功能，再加上里面建有寺院，可以在举办各种祭典的同时处理政务，可谓是不丹的政教合一的大本营。讨论政治的会议室、处理政务的房间、食物储藏室、武器库和其他各种功能的机构都集中在这里。

这座宗堡集不丹文化之大成，但如果想知道不丹悠久传统的特性，还是得去民宅看看。我只拜访了不丹西部的城市廷布、普那卡、帕罗附近的民宅。说是民宅，其实基本都是农家。或许因为不丹盛产木材，这些民宅无论是房柱还是房梁，全都是用粗壮的木材搭建而成，完全没有使用金属。形状则一律是长方形，屋顶不是山形就是四面坡形，没有混合形式的屋顶。

一楼是用石块或泥土加固而成的厚墙，主要作为饲养家畜的地方或仓库。二楼采取木结构承重框架工法，墙壁是明柱墙的风格，柱子会裸露在墙壁的内外。地面和天花板上有很多横梁，用于支撑地板。横梁的一端伸到墙面外侧，其上再建上一层的墙面。这在北欧的民宅中也很常见，是从内外两侧平衡横梁挠度的合理方式。横梁外端交错堆叠了多层木料，像是斗拱结构，实际上起承重作用的横梁只有最上面的一排，底下只是装饰用的木料而已。柱子呈等距排列。二楼的窗户是在佛教建筑中经常出现的狭小细长的"花头窗"[1]，嵌在柱子与柱子之间，上下共三段，横向有三到四列，远远看去非常有节奏感。花头窗的形状和大小都完全相同，所以会在

工厂提前制作。

不丹民宅的二楼有客厅、厨房、工作间、厕所，还有必不可少的佛堂。虽然大多数房间朴素得连家具也没有，但佛堂必定是五彩缤纷，正面摆有佛坛，由此可以看出宗教在不丹人民生活中的地位。厕所只是在地上开了个洞，排泄物直接落在屋外铺着干草的地面上，水分会沿着挖出的浅沟排出去。通往二楼跟三楼的楼梯则是在一根大型原木上雕出凹凸不平的台阶，再斜着固定在地上。虽然有专门的工匠，但据说在盖房子时邻居们都会来帮忙。

不丹的土地肥沃，粮食丰富。这里的人民穿着全世界独一无二的美丽服饰。住宅恢宏气派，信仰虔诚，社群拥有坚定的向心力。和我们这些孤独又自我的文明人相比，他们明显过着更安定又充满人情味的生活。相信只要是了解不丹的人，都会希望这个世间罕有的桃源乡能一直不被打扰。然而如今，现代化的浪潮也已经涌到了这里。也许现代化确实带来了便利的生活，但如果它令人们失去了最为重要的人性，又有什么意义呢？

宗堡遍布不丹全国，各地都会以宗堡为中心举办各种庆典。我参加了其中最为盛大的帕罗"戒楚节"。帕罗宗堡位于小山丘上，庆典在宗堡后方的广场举行。庆典共有五天，在最后一天会展出巨幅唐卡，上面绘有藏传佛教始祖"莲花生大士"。于是我们一早便从宿舍出发，混在为瞻仰巨幅唐卡而盛装打扮的男女老少之中，在陡坡上气喘吁吁地攀登，大约三十分钟后，我们抵达时，唐卡已被展出。约有一百名身着绛紫色僧袍的僧人正在做法事，那庄严肃穆的景象十分迷人。

唐卡完全由丝绸的贴布制成，在受到日晒之前就要迅速撤下，需要配合鼓声静静地降下，由所有僧人一同卷起并收走。接下来就是民族庆典了。

最先进行的是充满当地特色的舞蹈"dramnyen choes-hay"。约二十名身穿民族服饰的年轻男女在名叫"扎木聂"（dramnyen）的六弦琴的伴奏下轻轻吟唱，缓缓舞动并行进，那略带哀伤的景象令人入迷。接下来是由戴着鬼面与兽面的舞者表演的勇猛的面具舞。特别是佩戴鬼面的舞者与身着黄衣跳到高空的舞者，拥有震撼人心的舞姿。在舞蹈的间歇，会有佩戴红色天狗面具的小丑走到游客中，表演各种惹人发笑的把戏。此外还有戴着释迦牟尼面具的大个子，以及戴着莲花生大士面具的队列出现。戴着面具的孩子兴高采烈地东奔西跑。各种表演接连不断，令人目不暇接，时而紧张感动，时而欢笑连连。

在舞蹈进行时，藏传佛教的僧人乐师会一直演奏音乐。乐器有鼓、喇叭与钟等，其中有一种名叫"铜钦"的长号长达两米多，音色仿佛是从地底涌出的大地的轰鸣，非常动人。

现在各个国家的音乐都已在现代化的浪潮中慢慢地丧失了各自传统的纯粹性，但只要各地的人民还拥有信仰，与庆典联结在一起的音乐就会坚韧地生存到最后一刻。即使电子合成器能模拟出各种音色，从音乐性上来说，它也绝对敌不过各族人民在漫长的历史中打磨、淬炼出的传统音乐。

（1981）

（1）在日本佛教建筑中经常出现的钟形的窗口。

意大利南部的特鲁洛民居

我初次造访位于意大利南部"鞋跟"附近，以特鲁洛民居（trullo，人们对这种外观奇特的民居的昵称）闻名的小城阿尔贝罗贝洛（Alberobello），是在二十五年前。那时连意大利人都不太知道这个小镇，只有少数建筑家跟设计师知道，所以我恐怕是第一个踏上那块土地的日本设计师。特鲁洛民居的屋顶呈黑色锥形，上面还顶着一颗洁白可爱的圆球，显得非常优雅。我回国之后久久无法忘怀，于是在前不久又去了当地一趟。当然，如今那里已经受到旅游业的影响，到处都是土产店，还出现了一些由混凝土盖成的新居。看着小镇的纯粹景观逐渐被破坏，我感到十分痛心。然而，幸好这次有位当地的优秀向导，除了带我去阿尔贝罗贝洛之外，还带我去看了散落在法萨诺（Fasano）、洛克罗通多（Locorotondo）和农田里的美好的特鲁洛民居，令我享受了一场舒适、兴奋又愉快的旅行。

类似特鲁洛民居这种圆锥形的房屋结构其实在埃及、美索不达米亚及希腊等地也能看见。或许特鲁洛民居曾经受到这些地方的影响，但那格外优美的造型，肯定只能由当地的环境孕育而生。正因为当地的石灰岩多到随处可见的地步，才必然地形成了这种优美的构造。而且可以说由于当时特殊的社会条件，那精湛的建筑技术才能发展延续下来。从遗迹中可以看出，特鲁洛最早是用来当作坟墓或防御野兽的洞穴，仅以石块简单堆砌而成，后来才发展成为现今的民居造型。

穆尔杰[1]地区存在大量的特鲁洛建筑，这里的浅层土壤下隐藏着很深的石灰岩层，当地用来建造特鲁洛的石灰岩，主要都开采于建筑下方的土地，再辅以周围散落的石屑。首先，将地表上的土壤清除并聚集，将地下的石灰岩层切割为厚达50—80厘米的石块。接着在切割后的岩床上铺满挖掘石灰岩时产生的岩屑，再铺上一层来自附近洼地的一种名为"bolo"的红土，厚度约为1厘米。接着再重新铺上先前清除掉的地表土壤。这一带虽然不太下雨，但偶尔会集中降下暴雨，雨水会被土壤迅速吸收，通过底下作为过滤层的石灰岩屑层流进岩床。而存入岩床的雨水，随后又会重新被红土吸收，源源不绝地为耕地提供适宜的水分。

特鲁洛居民家都建有储存雨水用的水槽。为了修建水槽，必须把石灰岩切割并挖出。而这些开挖出来的石灰岩片自然又成为下次修建特鲁洛的建材。居民用切割下来的石灰岩砌出圆筒或圆顶状的盖子，盖在水槽的洞口上方，同时也在水槽上花了很多心思，使雨水可以从屋顶沿着墙壁流到水槽里。

特鲁洛民居建在挖去石灰岩后的岩层上。首先要把石材堆成墙面，在墙体内部用泥土将石灰岩屑与石灰岩块固定，接着把石灰岩仔细地砌在内墙跟外墙两侧。特鲁洛的墙壁下缘很厚，越往上越薄。

通常特鲁洛民居只开一个窗，小窗的上框为木框。而在出入口的顶部则用切割好的石灰岩排成拱形，维持跨度。特鲁洛民居的底层形状为方形，墙面向上逐渐收拢成圆形。为了把墙面砌在正确的位置，会先在房子正中央立起一根直杆，从杆子上一次次地拉绳，以决定正确的圆周半径尺寸，然后一圈一圈地往上盖，让墙面处在安全的圆周范围，逐渐向中心收拢。

搭建圆锥形的屋顶部分时，要更小心地一圈一圈地砌墙，借由圆环在水平方向的弧形张力与各圈之间产生的水平摩擦力来避免房子向内塌陷。再用又大又平整的石头盖住圆锥洞口，确实地固定并收尾。最终以当地一种被称为"chianche"的10厘米见方的平整石头堆砌屋顶，沿着斜面堆叠，以便使雨水顺着斜面流下。这种石头也被用来铺地板。这些堆叠在屋顶的石灰岩会慢慢变成深灰色，能迅速吸收太阳能，散发热辐射，因此在屋顶很适合晒无花果、番茄、豆子等各种作物。屋脊设有楼梯，可以沿着外墙爬到屋顶。圆顶内部则架有两三根木棍，居民经常在上面铺上木板，当作存放谷物、小麦粉跟杂物的空间。

特鲁洛建筑最引人注目的特色，自然是圆锥顶上那颗可爱的小白球。据说那是太阳的象征，是受伊比利亚半岛原住民[2]太阳崇拜的影响。还有很多特鲁洛居民会用白色石膏在灰黑色的屋顶上画上卍字、树形或其他形状的符号，据说是为了防止坏事发生。

为了防止风从缝隙里灌入，屋内会用石膏整个涂白，因此虽然只开了一扇窗，但由于室内装修都采用白色，整体十分亮堂。外墙通常也会涂成白色，再加上墙壁很厚，因此虽然地处炎热的意大利南部，房子里却非常凉快。

外墙的涂抹工作由主妇负责，她们会把石膏加水倒在桶里，然后用扫把涂抹。只要外墙稍微有点脏，就会立刻涂上石膏，因此总能保持洁白干净。那里的主妇会拿着椅子坐在外面做针线活和编织等轻巧的工作，有的人还会把桌椅也一起砌成白色。

特鲁洛民居的建筑时间最早也不会早于16世纪。早期特鲁洛建筑的地面形状大多为圆形，因为那样比较容易盖成圆锥形。至于烟囱、窗户和摆放东西用的凹槽，则是后来才有的。另外，早期的特鲁洛建筑只用石片堆叠而成，不会拌上灰浆。这背后有一段故事。在17世纪，当时的特鲁洛领主吉安吉罗拉莫二世（Giangirolamo II）是个很有行动力的人，同时也是个暴君。为了自己的利益，他试图欺瞒当时的西班牙国王。因为国王下令每兴建一栋新建筑物，都必须比缴税金。吉安吉罗拉莫二世便规定在建设特鲁洛民居时，不准用灰浆固定房子。每当西班牙王室的巡视者要来查看时，他就立刻下令把房子拆除，等巡视者走了再迅速把房子复原。为了便于拆除建筑，自然是不用灰浆固定好，但不用灰浆固定，不仅在盖房子时很不方便，房子的结构也很不稳定。不过，这种命令也让老百姓发展出高超的叠石技巧，淬炼出今日独特而洗练的特鲁洛建筑样式。

特鲁洛民居的所在地区阿尔贝罗贝洛在18世纪时最为繁荣，那时候它还被称为席尔瓦（Silva）。到了18世纪末期，在法国大革命的影响下，当地民众也奋起挣脱领主统治，获得了自由，在1797年终于独立，改名为阿尔贝罗贝洛。这名字的拉丁文意为"美丽的树"。自此，一个名副其实的美如童话的小镇阿尔贝罗贝洛便诞生了。

（1980）

(1) 穆尔杰（Murge），意大利普利亚大区中部高原地区。
(2) 哈布斯堡王朝统治下的西班牙帝国从16世纪末开始逐渐将葡萄牙、比利时、荷兰和南意大利纳入版图。

民艺与现代设计

宗悦的收藏

柳宗悦全集的最后一卷（第二十二卷）《补遗、未发表论稿、年谱等》终于得以完成，承蒙水尾比吕志先生[1]等相关人士鼎力相助。在此难以一一列举诸位的名字，我谨以宗悦之子的身份向诸位致以诚挚的谢意。

全集的后半部分都是与民艺相关的文章，而他耗尽毕生心血成立的民艺馆，无疑为这些文章提供了最佳的佐证。摄影集《柳宗悦搜集·民艺大鉴》中囊括了最具代表性的藏品，而我也参与了登载作品的筛选、装帧、排版等相关事宜，所以请允许我简单地谈谈宗悦的收藏。

宗悦是个天生直觉敏锐的人，同时也勤勉不辍，自小学至大学毕业都是优等生，从未掉出榜首。他那酷爱收藏的个性或许来自遗传，其父楢悦虽然在他两岁时便撒手人寰，但家里留下了许多楢悦的藏品。楢悦身为数学家，与海军也有渊源，因此拥有许多数学、海洋相关典籍，也收藏了很多海洋生物标本。楢悦也是个兴趣广泛的人，书画古董自不用说，对做菜也很有兴趣，据说家里还有很多料理相关书籍。

宗悦在进入学习院初中部后，起初先向植物学家服部他之助先生学习了英文。熟稔国外文学与思想的服部他之助先生在教授宗悦英文的同时，也带领他接触了许多国外伟人的思想。而宗悦也是在这段时期迷上了看爱默生的英文原版书。当时学习院里人才济济，有铃木大拙先生与西田几多郎先生等众多杰出的老师，尤其是铃木大拙先生以一对一的方式教宗悦学习英文，并带领他接触了东方哲学。宗悦在上高中时便已精通英文，读了许多国外的英文书，对心理学、宗教、哲学、美学等尤其感兴趣，也是在这段时期，他读完了托尔斯泰的《战争与和平》。

不知是不是以此为契机，宗悦没有与当时的军国主义风潮同流合污，终身保持反战精神。从上高中时起，他便与白桦派[2]人士有所往来，开始喜欢罗丹、梵·高、塞尚等艺术家。由于他的外语能力很好，便负责与外国人士联系。当时他曾直接写信给罗丹，而罗丹将一座小铜像《影》送给了白桦派。直到民艺馆成立前，他都一直把那件铜像摆在书房里。

此外，在民艺馆成立后的很长一段时间，宗悦仍把塞尚的大幅画作摆在客厅里。或许他曾一边看着与民艺形成鲜明对比的塞尚作品，一边思考"美究竟是什么"。

大正初期，宗悦与兼子结婚，随后在风光明媚的手贺沼湖边住了一段时间。在我六岁之前，我们一家人一直住在那里，我对那时候的生活印象很深刻。在离主屋有一段距离的悬崖边，宗悦建造了一幢小茅屋当作书房，房里的书架上摆满了书，其中有三分之一是西文书、三分之一是中文书，其他则是日文书。房间里除了罗丹的雕塑以外，还装饰了比亚兹莱和梵·高的复制画。而且从那时起，房间各处就已经被陶器和各种民艺品填满。那时伯纳德·利奇住在我家，在我家离主屋有点距离的地方建了一个他自己的窑，还会和我们一起吃饭。宗悦对于使用的餐具也很讲究，除了青花瓷的碗盘以外，让我印象最深刻的是一个用来放糖的鲜绿色中国壶。如今这个壶已经下落不明。

不知道是不是受到利奇的影响，宗悦对布莱克[3]的兴趣愈来愈浓，收集了许多他的复制画。家里开始出现温莎椅跟泥釉陶应该也是在那段时期，或许是利奇带来的作品。也是在那时候，宗悦认识了远在韩国的浅川伯教跟浅川巧，进而对李朝陶器产生了兴趣。

当时志贺直哉与武者小路实笃也住在附近，我们家人还经常与志贺直哉的家人聚会。那时还在念医学院的式场隆三郎[4]、吉田璋也[5]和一些学生会来我家玩，偶尔还会有美国人、英国人、印度人及其他各国人来访。宗悦就是从那时开始痛心朝鲜问题，并开始把年轻的朝鲜人藏在家里。

后来为了我们兄弟几人的就学问题，大正十年（1921年）左右，我们举家搬到了东京。然而大正十一年（1922年）的关东大地震带走了父亲的兄长悦多，随后又接连发生了一些不幸之事，终于使宗悦变得身无分文。但哪怕家计捉襟见肘，宗悦依然没有经济概念，整天沉迷于收藏自己喜欢的东西。在这种情况下，母亲兼子只好靠教音乐补贴家用，以支付父亲宗悦的开销。

关东大地震后过了一段时间，我们举家搬到了京都。搬到京都后，宗悦对于民艺品的痴狂有增无减，一天到晚跟他的好朋友河井宽次郎跑到天神市集、弘法市集和檀王市集的早市里淘宝，两人每天从堆积成山的民艺品里把喜欢的东西搜罗回家，开心得笑闹整晚。濑户烧的马眼盘、丹波布、苗代川的茶壶全是从那些市集里找回来的。那时候大家还对民艺品没什么兴趣，所以买下这些几乎没花多少钱。在《大鉴》里介绍的作品自不必说，就连民艺馆里的珍品，几乎也都是他在京都时搜集的。

在我上小学时,父亲也带我去过早市。当时他想从堆积成山的旧布里挑出好东西,又嫌旧布臭味难忍,便拿着一根手杖在里头挑挑拣拣。找到好货之后,他就带回家让母亲兼子洗,臭得母亲不发一语。后来母亲也在父亲的热情带动下迷上了搜集民艺品,那个画有松木的二川烧大钵就是她淘回来的宝贝。为了研究民艺品,宗悦走遍全国,并在途中发现了雕刻佛像的修行僧木喰上人。至于"民艺"一词,则是他与河井宽次郎和滨田庄司去高野山旅行时在旅馆里想出来的。

宗悦热爱朝鲜文化,特别是李朝工艺品,经常跑去朝鲜研究。为了拯救被日本殖民政策破坏的朝鲜文化,他敢于挺身与当局抗争,还与住在朝鲜的浅川巧两人一起在"京城"(现首尔)成立了朝鲜民族美术馆,并将自己收藏的所有朝鲜工艺品捐给了美术馆。成立那家美术馆的原因,是他希望朝鲜人能对自己的文化感到骄傲。而在他去世之后,韩国政府为了感谢他的贡献,特地授予他文化勋章。据说这是韩国政府第一次将文化勋章授予外国人。

在朝鲜成立民族美术馆后,宗悦开始思考是否能通过他的收藏品回馈日本的社会,为在日本成立民艺品美术馆做了多次计划。他也曾找相关机构交涉,想把藏品捐给国立博物馆,在馆里成立一处民艺品陈列所,可惜当局对于民艺品不屑一顾,二话不说便回绝了他的申请。在那之后,宗悦再也没有向当局申请过一文钱补助。不过反过来看,这件事也得以让往后成立的民艺馆一直保持纯粹。

后来日本民艺馆的成立要感谢大原孙三郎[6]先生的大力

协助。最终，民艺馆在东京驹场成立，而我们一家人则在昭和九年（1934年）从京都搬回了东京。那次搬家时的行李之多，听说破了私人搬家有史以来的纪录，总共出动好几十辆货车才搬完。

"美究竟是什么"这是宗悦长年以来不停思索的问题，也让他最终发展出了民艺论。民艺品源自民众的生活，这样的民艺品让宗悦屡屡作文来阐述它的动人之处。由于宗悦的文章以他的哲学教养为基础，条理通顺，非常有说服力，就连在文学家众多的白桦派里，大家也对他清楚流利的文笔感到佩服。然而这种描述物品之美的文章，不管写得多好，总取代不了物品本身，容易给人言过其实的牵强感觉。幸好民艺论有个坚实的后盾，那就是民艺馆。那里的民艺品全都展现出自身的绝对的美，正因这些作品为民艺论提供了佐证，才能让民艺论生生不息直至今日。

在"二战"期间，美军的燃烧弹也打到了民艺馆。为了守住民艺馆，宗悦夫妇没有逃跑，而是留在了驹场。据说当民艺馆快要被燃烧弹点燃时，是他们二人提着水桶，用沾水的扫把拼命将火扑灭。

当"民艺"一词变得路人皆知之后，各地接连出现民艺咖啡厅、民艺料理、民艺茶会、民艺乌冬面、民艺家具等各式各样的以民艺为名的东西。在这种情况下，民众对于民艺的概念开始扭曲。而且店里的"民艺品"根本不是用来使用的，更偏向于收藏品的性质，或许应该称之为"画虎类犬的民艺品"才对。

《民艺大鉴》里介绍的当然都是在民艺馆精挑细选的顶尖

杰作。而这些物品之美,毫无疑问是因为它们来自人们的生活。不管时代如何变化,从这个原点出发,创造未来的文化,才是我们该走的路。就这一点而言,《民艺大鉴》里介绍的物品绝对是我们在创造未来文化时不可或缺的宝贵范本。

(1992)

---

(1)水尾比吕志(1930—),日本美术史家、民艺运动家、武藏野美术大学名誉教授。早年师从柳宗悦,曾担任日本民艺馆馆员、名誉会长及理事。
(2)白桦派以创刊于1910年的文艺刊物《白桦》为中心,由主张个性解放,宣扬人道主义、理想主义的作家、美术家组成,其中多位作家曾就读于学习院。代表作家如武者小路实笃、志贺直哉、有岛武郎等,艺术家如有岛生马。
(3)威廉·布莱克(William Blake,1757—1827),英国浪漫主义诗人、版画家。
(4)式场隆三郎(1898—1965),精神科医生。早年与"白桦派"人士多有交往,关注文学艺术创作与人类精神的关系。
(5)吉田璋也(1898—1972),耳鼻喉科医师,后投身民艺运动,积极普及民艺理念,进行融汇民艺之美与现代生活的设计活动,自称"民艺的制作人"。
(6)大原孙三郎(1880—1943),仓敷出身的日本实业家,创办有纺织、电力企业及银行,建立了大原财阀。他也是后文提及的位于仓敷的私人西洋美术馆——大原美术馆的创立者。

河井宽次郎的"手"

每当看到好东西，河井宽次郎就会两眼发亮，赞叹不绝，像抚摩爱子般爱抚，就连晚上睡觉时也要摆在枕边，在梦里也抱着不放。河井宽次郎不愧为一个创作者，无论是什么东西，只要能启发他的创作欲，诱发灵感，他都会贪婪地搜罗过来放在身边。其中大多数当然是民艺品，然而他只搜集真正对自己的作品有养分的东西，所以他的房间充满香气，散发着河井宽次郎独有的味道和特殊氛围。他的个性强烈，热情又活跃，所以他搜集的东西也是富于动感的比静态的多，强调筋骨和内核的作品比缺乏棱角的圆润作品多，充满整个空间的作品比占空间小的作品多，惊涛骇浪式的作品比涓涓细流式的作品多。

通常人们在制陶时都习惯用拉坯机成形，但河井宽次郎似乎更擅长模具成形。因为对他来说，用拉坯机成形会磨去作品的棱角，变成过于圆滑平和的形状。以他的个性，当然是喜欢挑战更自由、更动感的成形法。然而这种方法虽然更容易让制作者的主观造型意识介入其中，却比拉坯机成形法的难度要高得多。身为一个弱小的人类，河井宽次郎选择奋力开拓艰难的荆棘之路，勇往直前，使他的作品也充满了魄力。

民艺原本的姿态是工匠们不追求自我主张，依照世人的需求自然而然地生产出来的产品。聪明的滨田庄司吸取了这种精神，尽可能地顺应自然，把身体交给拉坯机，把图案交给自然流淌的釉彩，并尽量采用当地的土壤和自古已有的传统技法。然而即使是滨田庄司，终究也是一名吃下智慧之果，已经具有美的意识的人类。虽然表面上可以接近自然，但要想达到绝对自然的民艺的"无"的境地，却比佛祖的苦修更加艰难。

河井宽次郎没有选择滨田庄司那条把身体交给拉坯机、尽量避免自我表现的道路，而是为了表现自己的审美意识，试图征服并超越模具成形的技术，他甚至还把手伸到更为自由的木雕领域。对极其热情且富于人情味的河井宽次郎来说，抑制喷涌而出的自我意志太过困难。他被自己的意志和力量控制，无法走向"他力本愿"、把自己的身体交出的方向。与其选择滨田庄司那条容易的路，他更喜欢以身犯险。被称作釉彩大师的他曾经进行过多种釉彩实验，一次又一次地创造出令人惊叹的新釉色。那釉色鲜艳浓郁，厚重艳丽，富有光泽。极具冲劲又非常勇敢的他也经常做出超出常规的尝试，创作出出人意料，甚至是奇异的作品。特别是他晚年的木雕，由于过于奇特，令一向支持他的作品的人也不禁退避三舍。

发现这世上的美并为之欢喜，日复一日地投入紧张的工作。河井宽次郎专注的行动和纯粹的言行甚至已经达到神圣的地步。而他那富有人情味的温柔和慈悲之心，令人不由产生仰慕之情。在被其他民艺界大师训斥时，我经常会感到抗拒，久久不能释怀。然而河井宽次郎那纯粹的话语，非但不会使我反感，还会让我感到惭愧，同时又觉得全身心都得到了净化，相信会这样想的不止我一人。我时不时会想起，就连那个吵吵嚷嚷的栋方志功[1]，都会被河井宽次郎那澄澈的内心打动，在他面前莫名恭敬起来。河井宽次郎性格开朗，喜形于色，他在

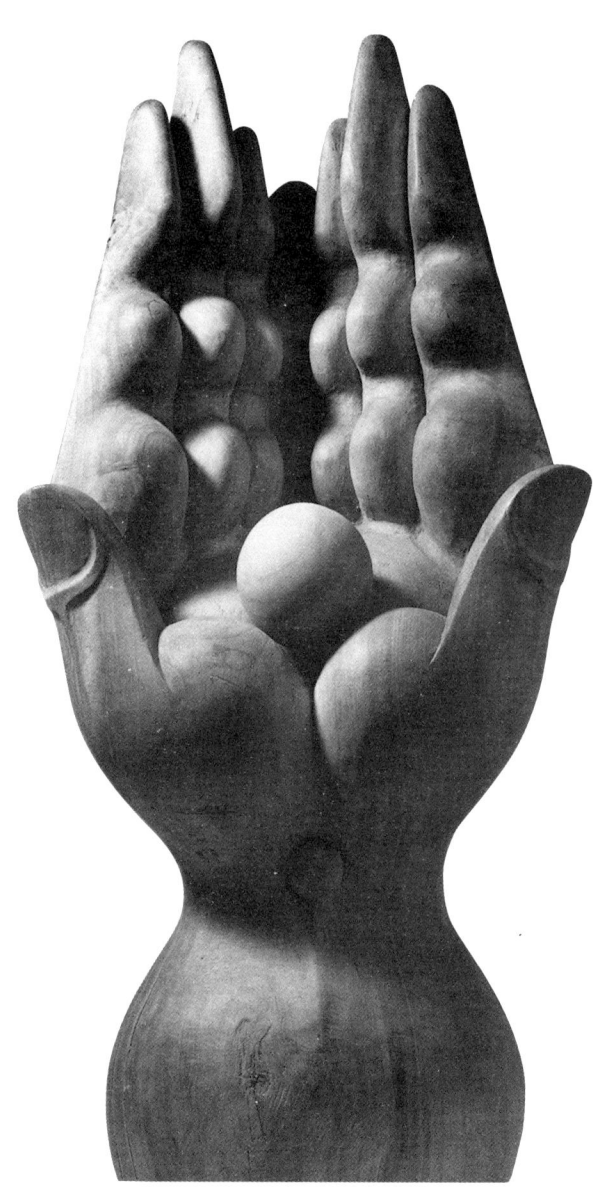

与人交谈时，总是真诚温暖，心怀慈悲，所以无论何时，他家都有大批寻求心灵慰藉的访客。

河井宽次郎在陶艺作品上画的"手"虽然是他惯用的奇特造型，却不会让人感到不快，非常美丽。他的"手"已经超越了意识活动，呈现出一种到达了"无"的境界的美。就像在人的侧脸上画了两个眼睛的毕加索的画一般，并不会让人觉得奇怪。究其原因，想必是因为那张脸是毕加索已经画到烂熟的形态。至于那些还停留在意识活动层面，呈现出艺术家自我的作品，则会让人感到不快，也就是意识过剩。在刚开始画时，或许那手确实显得很奇特，然而随着不断重复，棱角被逐渐磨去，便不再显得那么怪异。只要这只手能保持生动鲜活，想必他就会继续画下去。一个拥有审美意识又富有激情的人，容易在过度重复中陷入形式化的泥淖。然而，河井宽次郎却不断燃烧自己的创作欲，不满足于在陶器上描绘"手"，还延伸到了木雕这一不同的材质上，最终创造出了河井宽次郎最为杰出的"手"。在那之后他又做了不少木雕，但无论怎么看，这双"手"才是他最初与最后的最高杰作。与动不动就意识过剩的其他木雕作品相比，只有这双"手"变成了他本人的巨大的纪念像，使我们叹服。可以说这双"手"是自然流露出河井宽次郎本性的大师之作。

在河井宽次郎的房间里有一张照片，上面是不知所谓的两颗眼球，散发出不可思议的强烈魄力。仔细一看，才发现那是火车连接器的照片，其中的两个转轴看上去就像人类的两只眼睛。河井宽次郎的眼睛从这张照片中捕捉到了超出民艺范畴的物品之美，也就是所谓的"物体之美"。在河井宽次郎晚年的陶器作品中，这种"物体之美"十分泛滥。然而，如果过度强调这种"物体之美"，反而会暴露出"自我（ego）"，令人感到不快。

与用拉坯机或模具成形的陶器相比，木雕的自由度更高，也更容易加入创作者的自我主张。由于制作木雕时可以自由决定哪里隆起、哪里凹陷，所以很难令偶然性的优势，也就是神启介入，制作者的自我也随之呈现在作品的表面，令观者感到不快，也就是变得意识过剩。容易惹人反感的前卫插花，正是对"物体之美"过度强调的绝佳例子。"物体之美"果然要从彻底的"无"中诞生，也就是所谓的"无意识之美"。

河井宽次郎还有一件很棒的木雕作品，看起来仿佛单纯地把木板集合在了一起，没有过度雕刻。这件雕刻作品与那幅火车连接器照片的境界很像，没有过多费工夫，却能令人产生不可思议的幻想，是一件令人联想到原始艺术的强烈的作品。我认为这件作品是把河井宽次郎的自我完美地封闭在其中的杰作。在民艺界的众多老师中，最令我感到亲近的，还是富有人情味的河井宽次郎老师。

（1980）

（1）栋方志功（1903—1975），版画家，1970 年获颁文化勋章。1936 年其作品《大和之美》展出后被日本民艺馆购买收藏，由此结识柳宗悦、河井宽次郎等人。其他代表作如《二菩萨释迦十大弟子》系列。

滨田庄司的工作

我以前经常会带着各路朋友去位于益子町的滨田老师家拜访。每次都带很多人，想必给老师带来了不少麻烦。然而滨田老师和他的夫人及家人总是满脸笑容，热情地招待我们，从来不会区别对待。滨田老师只要认定一个人懂行，便会毫不吝啬地把自己的作品相赠。他顺应自然，生性大度，从未生过气，这种人在这个世上实在罕见，而他的为人处世也充分地显现在了他的作品之中。

忘了是什么时候，有一次正当滨田老师向我慷慨激昂地介绍他的收藏品时，我忽然瞄见一个从没见过的益子茶壶，忍不住赞叹出声。那时滨田老师对我说："这是我邻居的东西，我管他要了好几次，他都舍不得给，直到我提出用我的大盘子换，对方才终于放了手。这个茶壶当然比我的大盘子好多了。"说着他一脸满足地露出坏笑。这件事情说明滨田老师非常清楚，不管自己多么努力，作品也终究无法与过去的杂货相比，那才是真正的"名品"。也正因如此，老师的作品才比当今时代任何陶艺工匠的作品都美丽，也比当今堕落的民艺品更有价值。

大概在五年前，我曾经把滨田老师做的一个大盘子推荐给在加拿大举办的世界工艺品展。那盘子以掺杂稻草灰的白釉为底色，上面用黑色铁釉随兴画了五六条线。线条有的地方粗，有的地方细，有的地方断开，有的地方重叠在一起，非常自由奔放。当我问他那线是怎么画出来的时候，老师说在

盘子上画线时，如果从边缘向内侧画，就会变成用线条描绘图案，显得十分刻意。所以要在离盘子约有一间[1]远的距离拿着装有釉药的长柄勺，使釉药一边在空中运动一边落在盘中。当然洒在盘外的釉药显得有些浪费，但正因为有了这些部分，才成就了线条的力量，所以绝不算是白费。至于盘中的粗线旁还有一些细小的痕迹和断线，则是因为勺子上破了小洞，釉药从洞里漏出，才形成了那种细线伴随着粗线的效果。"多亏有了这个洞，才有了这分意趣。"滨田老师一边说着，一边给我展示勺子上的破洞。

老师的陶器作品上还经常出现黍类的图案，那是冲绳的砂糖黍[2]。这种植物的叶片有粗有细、有直有弯，并且可以从茎干上的任何地方冒出来。老师会顺着笔势，用几笔概括出大致的感觉。要称之为"画"也可以，但其实比画更加精练，已经完全成了纹样。滨田老师非常清楚，这种画在陶器上的图样并不是写实的画，而是配合器物的纹样，所以如果只凭自己的力量作画，必定会暴露太多的自我，远离自然。以前就经常有人评价滨田先生是"益子町的狸猫"，从这点来看，他确实是一位聪慧过人的狸神。

作为一名陶艺工匠，滨田老师的名声至今仍响彻世界，屡获褒赏，其中还包括文化勋章这样的最高荣誉。时至今日，他的作品已经达到庶民无法负担的价格。而对我们来说，他也成了无法企及的云上的存在。在滨田老师逝世后，我意外接下了日本民艺馆馆长的位置。我仿佛能看到他从云上微笑着注视着我在凡间的一举一动，对我说着"小理，之后就拜托你啦"。

对我而言，我认为最重要的是把美好的事物还回庶民的手中。虽然这是十分困难的工作，但这正是我的父亲一直挂在嘴边的话，也是连民艺论最忠诚的信奉者滨田老师都未能达成的理想。我坚信达成这个目标，才是对父亲和滨田先生的最好祭奠。

（1978）

（1）"间"是日本尺贯法度量衡制的长度单位，一间约为1.82米。
（2）指甘蔗（学名 Saccharum officinarum），日本主要在九州、冲绳一带种植。

大幕尚未落下

"小理，没问题吧？"利奇晚年每次到日本都会这样问我。之所以叫我"小理"，是因为利奇曾与我们一家人一起住在我孙子市，那时的我还年幼，我父亲经常叫我"小理"，利奇也就一直这样叫我。而之所以会问我"没问题吧？"，一方面是担心我转换到工业设计这一新的工作领域后是否顺利，另一方面大概也是担心我是否背离了父亲宗悦倡导的民艺运动。当时的我认为自己是最适合带领民艺走向新方向的人，所以一直果断地回答他："没问题。"而利奇也会用日文回答："哦，是吗？那我就放心了。"其实利奇从来没见过我工作，也没跟我讨论过任何与工作有关的事，但当我听到他的讣闻时，那份失落感就像当年失去了即使认为我走向了岔路，却依然包容并关心我的父亲时一样。

利奇是柳宗悦独一无二的挚友，晚年因为眼疾几乎失明，无法继续工作，便决心努力把柳宗悦的思想介绍给西方，开始着手翻译他的著作。但由于柳宗悦的书里有许多艰涩的语句，再加上利奇看不见文字，只好先请人把内容读给他听，用英文进行解说，让他理解思想大意后再进行意译。担当中间角色这一重任的，则是长年担任铃木大拙的秘书的冈村美穗子女士。冈村美穗子在美国出生并接受教育，自然精通英文，而且她还了解佛教哲学，实在是难得的人才。原本柳宗悦的论述文章——尤其是集思想大成之作《美的法门》，就连日本人也很难逐字逐句地解读。最近日本偶尔也有对柳宗悦的思想进行分析的人，但大多数人都没有完全正确地理解他的意思，由此可知要把柳宗悦的思想分毫不差地翻译成外文是件多么难的事。

我认为想要真正了解柳宗悦的思想，必须先正视民艺，被民艺的美打动，理解民艺的价值。所幸利奇与柳宗悦来往已久，想必两人对于美有诸多共鸣。从这点来看，利奇无疑是把柳宗悦的思想意译成外文的不二人选。然而当利奇怀着热情准备翻译时，却没想到有很多内容连他也是第一次遇到，很难读懂。为了更深入地探索柳宗悦的思想，据说利奇花了很长时间。然而随着理解程度逐渐加深，他也对自己重新认识到的事物感到惊讶与感动。当然，利奇一直是东西方结合的提倡者，然而他真正碰触到东方思想的深处，可以说正是在他漫漫人生的最后这段时间。利奇虽然无法逐字逐句地翻译《美的法门》，但他也掌握了其中的真意，最终完成了译作 Unknown Craftman（《无名工匠》）。

十几年前，当大名鼎鼎的瓦尔特·格罗皮乌斯访日时，利奇正好住在他下榻的国际文化会馆，两人有了短暂的交谈机会。据说那时利奇对格罗皮乌斯说如果自己再年轻一点，可能也会去支持他倡导的运动。当然，格罗皮乌斯向往与标榜的是正确的机械时代，与利奇从事的手工艺是完全不同的范畴。从手工艺时代转变为机械时代，这一时代的洪流任谁都无法否认。无论是政治、经济、社会，今日我们面临的一切问题，都是在时代转变的苦痛中产生的。虽然利奇与他的伙伴滨田先生、河井先生的活动并没有超出手工艺的范畴，但正因为他们意识到了民艺的价值，才使他们在历史上留有一席之地，

也使他们的作品有了相应的价值。

瓦尔特·格罗皮乌斯也曾到民艺馆拜访，听说他那时深受感动。他也曾去过仓敷，据说当他站在大原美术馆的屋顶上眺望仓敷的景色时，说道："仓敷这座城市真的好美，除了我脚下这栋西欧风格的美术馆以外。"这句话其实也可以解读为民艺（仓敷的民宅）对现代建筑的批判，毕竟格罗皮乌斯既是举起机械时代正义大旗的旗手，同时又是机械时代之恶的严厉批判者。

柳宗悦的民艺论自然是以手工艺为基础，虽然他也提到过机械工业，态度却十分消极，所以实际上他并没有谈过我们在当前的机械时代应该如何自处的问题。当然，手工艺在机械时代仍尤为必要。不，应该说正因为是机械时代，手工艺才更有必要存在。今后我们在讨论手工艺时，不应再自我限制于手工艺的范畴之内，应当从机械时代的角度来探讨手工艺。就此层面而言，或许可以说，以利奇作为最后一代，民艺活动的第一幕已经落下。

利奇、滨田庄司与河井宽次郎，他们年轻时所处的时代对于陶艺创作者而言是非常美好的时代。在他们去世后，同样的创作者已经不会再出现。就算有人做了与他们一样的事，也无法达到他们的水平。时代已经改变。这样一想，他们的作品或许可以称为古典。而成为古典的优秀作品自然不会从世上消失，会在某种意义上永远存在下去。为了让民艺运动延续到后代，永远绽放光彩，我们必须开启新的一幕。民艺运动的第二幕，自然要由下一代的我们来演绎。由我们来使第一幕留下的光荣成果更加熠熠生辉。

（1979）

精彩的苦斗生涯

我的母亲兼子是位非常刚强的女性,天生感情丰富,才华横溢,直觉敏锐,同时还大度豪爽。听说她刚出生时体弱多病,大家都担心她长不大。在她六岁时,家里人听说学长调[1]对健康有好处,就把她送去学习。不知是不是这个原因,她的身体情况逐渐好转,然而行为举止也变得越发男孩子气。她父亲经常打趣:"阿兼这孩子,在出生时是不是忘了把什么东西带出来了?"

母亲的娘家是在隅田川的厩桥附近经营大型制铁工厂的人家,不过在外祖父那一代,工厂的生意开始走下坡,最终事业失败,据说曾经沦落到几乎一文不名的地步。然而即使生活拮据,外祖父也慷慨地资助身为长女的母亲接受各种教育,学习各种才艺。至于外祖母,则是个对教养很严格的人,不管年幼的母亲怎么哭,外祖母仍会逼着她去学长调、三味线、书法、插花、裁缝等,所有当时下町女性可以学的东西,都让她学了一遍。

上小学后,母亲在才艺方面突飞猛进。尤其在长调方面,在她刚上女子学校时,便已从老师那里取得了杵屋家的艺名。从小接受声乐教育和艺术教育的她在升上女校之后,歌唱才华越发出众,在上三年级时便已被上野的音乐学校[2]录取。据说考试时,听到这么可爱的小女孩歌声居然如此低沉,担任评审的三浦环[3]老师吓了一大跳。

母亲在学校的歌唱老师是曾经在欧洲很有名的歌剧演唱

家佩措尔德[4]。她看中了母亲的才华，对她尤为热心指导。对母亲来说，能遇到这样一位老师也是上天的眷顾。终其一生，母亲一直将佩措尔德视为她唯一的恩师。

　　上音乐学校不久，母亲就认识了她未来的丈夫柳宗悦。当时母亲十八岁，宗悦二十一岁。刚成为大学生的宗悦很快迷恋上了母亲。身为在思想上十分早熟的哲学家，宗悦当时已经是白桦派里最年轻的中心人物，而他也跟所有白桦派的人一样怀抱着非常纯粹的理想主义，将艺术视为至高无上的存在，非常浪漫。在他爱慕母亲的四年内，写了好几百封情书给母亲。我是在母亲不久于人世时，才第一次看见那些一直被母亲小心珍藏的情书。看到那些情书的数量之多，内容之情真意切，作为他们的儿子，我也为世上竟有如此纯粹的爱慕之心而震撼不已。

　　宗悦起初确实是被兼子的歌声吸引，进而产生了爱慕之心。在写给兼子的情书里，他不断地表达了自己对她在歌唱方面的想法与期望，来鼓舞兼子。有趣的是，宗悦曾经在信里十分肯定地表示他深信兼子婚后一定可以继续保有艺术家的人生，同时也能兼顾一个女人对家庭的责任，但事实上，这正是兼子在婚后面对的最大困难，几度令她受挫并感到万分痛苦。不过不可否认，宗悦对兼子的爱慕之情使他的思想多了几分活力，同时兼子也因被宗悦爱慕，歌声中更添了饱满的人情味。

　　两人在兼子二十二岁，宗悦二十五岁时结婚，在大约一年后生下了我，又过了一年半，生下了弟弟宗玄。据说身为长子的我十分爱哭，令母亲很是头疼。母亲经常把还是幼儿的我们兄弟俩一个抱在胸口，一个背在身后，哼着舒伯特的

摇篮曲哄我们睡觉。我想那时母亲的歌声里一定充满了舞台上没有的真挚之情。虽然母亲不得不为此牺牲许多投入艺术的时间，但相应地，在为人妻母之后，她的艺术也越发拓展出人性的深度。

父亲宗悦作为一名哲学家，不知是不是因为平常思考过多用脑过度的缘故，在家里脾气很大，动不动就不高兴，冲母亲发火。而母亲兼子的性格也很刚烈，偶尔会大声地反驳回去，对爆发的父亲进行反抗。据说当二人吵得太凶时，就连当时住在附近的志贺直哉和伯纳德·利奇也会介入，为他们担忧不已。那时候我们住在我孙子市，算是个比较偏僻的地方，但访客络绎不绝，母亲常为了接待客人，忙得不可开交。由于母亲做的菜很好吃，有很多客人慕名专程来品尝母亲的手艺。母亲当然没有正式学过烹饪，但父亲非常喜欢美食，母亲就听父亲讲述在各地吃过的菜肴，自己试着如法炮制。父亲特别爱吃腌菜，母亲就从未让米糠腌菜在饭桌上断过顿。当母亲偷得仅有的闲暇时光，坐在钢琴前时，她的手上想必还残留着米糠腌菜的味道。手巧的母亲也很擅长缝纫，无论是父亲的和服脱线，还是孩子们的袜子破了洞，都由她亲手缝好。她还很擅长画画，有趣的是，听说她在上音乐学校时还一度想当个画家，结果被父亲宗悦阻止。母亲的确很能干，并且她的直觉也非常敏锐，能凭直觉就将事情做好。因此不管做什么，都有能力做得比一般人更优秀。然而从另一方面来看，她也因被家事和其他杂务缠身，几乎没有能专注于音乐的空闲时间。

二人婚后不久，富裕的柳家便因为亲戚的事业失败而变得不名一文，生活颇为困苦，一家人的生活费几乎都靠兼子来负担。结婚前宗悦还劝兼子说，要想钻研音乐，必须去外国，然而婚后的兼子完全没有那种余力，第一次去德国时已经将近四十岁，而且只待了半年多，就为了照顾家庭而被迫回国。钢琴也一直只能用一台破败不堪的立式钢琴，等终于换成三角钢琴时，她已经过了五十岁。

与此同时，她那热爱钻研学问的丈夫宗悦的读书欲丝毫未减，为了买书，甚至把生活费都搭了进去。再加上搬到京都后，宗悦对民艺的热情与收藏癖愈演愈烈，导致一家人的开销更是完全依赖兼子一人的收入。

在日本统治朝鲜的时期，宗悦不顾自身安危反对军国主义，并撰写文章，呼吁保护正在被破坏的朝鲜文化。身为妻子的兼子也多次跟着丈夫宗悦前往朝鲜，支持丈夫为朝鲜发起的运动。她还活跃地举办了数场演唱会，把收入尽数奉献给朝鲜。特别是夫妇两人还在朝鲜的首都成立了朝鲜民族美术馆，希望使朝鲜人民为朝鲜文化而自豪。而这座美术馆的建设也促成了后来的日本民艺馆的成立。

在"二战"期间，因为民艺馆已经成立，宗悦夫妇没有逃难，坚守在民艺馆。听说当燃烧弹落在附近，使隔壁建筑着火，马上就要烧到民艺馆时，夫妇两人拿着水桶和扫把，拼死将火扑灭。而我当时身处战地菲律宾，在很长一段时间生死未卜。我的妻子在疏散地死去，宗悦夫妇只得把他们刚出生的长孙带回去收养。战争结束一年后，当我急忙赶回家时，母亲在玄关处茫然地抱住我，一言不发地不住流泪。

母亲兼子虽然经常抱怨丈夫宗悦太过任性又难以取悦，

但她也对宗悦的工作深有共鸣，尽全力跟随在丈夫的身边。而宗悦为妻子的歌声感动，一开始还会出席她的每一场音乐会，沉醉在歌声之中。后来受宗悦的影响，母亲也开始享受发现各种美丽物品的乐趣。虽然这两人不时争吵得很凶，但正因为他们都能从"美"中获得喜悦，才能将关系维持下去。当然，我们这几个孩子也是他们之间的牵绊。

战后世间终于恢复和平，从那时起，父亲就几乎不再参加母亲的音乐会了，而母亲对父亲的不满也越来越强，夫妇之间的争吵越来越激烈，出现过很多次严峻的时刻。那时我和弟弟宗玄都已经长大成人，经常介入父母的争吵。当然，大多时候都是站在母亲这边，一起反对父亲的肆意妄为。作为他们的孩子，我们也觉得很不可思议，既然都已经吵成那个样子了，为什么还要在一起呢？然而母亲忍到了最后。在父亲去世时，想来她也松了一口气。另一方面，我相信在父亲去世后，母亲也重新认识到了自己丈夫的伟大价值，一直抱有怀念之情，并且一直惦念着曾与丈夫一起挺身守护的民艺馆。

虽然父亲在开始时的确拓展了母亲的歌艺，但不可否认的是，婚后母亲因家事的繁杂，特别是丈夫的专横，很难有时间钻研歌艺。有人说如果母亲离开父亲获得自由，她在艺术上肯定会有更大的进步，但我并不这样认为。确实，作为家庭主妇的繁杂工作在一定程度上限制了她施展艺术才能的自由，然而在阴晴不定的父亲身边忍受作为主妇的辛劳，肯定也大大拓宽了她作为一个人的深度。

母亲有着不输于父亲的好胜性格，并且还有不为任何事所动的气量。父亲宗悦滴酒不沾，母亲却十分能喝，经常大口大口地豪饮。她喜欢饲养小狗和小鸟等动物，还喜欢种花，在战争时期还拼命努力耕田。受她影响，最小的弟弟宗民最终成了一名园艺师。在我们几个兄弟年纪尚小的时候，除了年纪差十岁以上的小弟弟宗民之外，父亲对我们严酷到了近乎神经质的地步，母亲也算是对孩子的教养较为严格的人。然而在我们成年之后，父亲和母亲都彻底尊重我们的选择，不再过问我们的事。

我后来反抗父亲，投身于纯艺术的工作，尤其迷恋前卫艺术。又因为对母亲的古典乐有些腻烦，便转而欣赏起斯特拉文斯基之后的前卫音乐。然而在战后不久，当我开始从事工业设计后，却发现在这机械时代最为新颖的工作中，竟然总是免不了接触到父亲提倡的民艺精神。更令我意想不到的是，自己竟会在父亲过世约二十年后接手了民艺馆的工作。那时最高兴的人就是我的母亲。现在老实说，比起古典乐，我还是对前卫音乐和民族音乐更有兴趣。然而，偶尔在听到母亲的唱片时，眼前浮现出充满感情地歌唱的母亲的身影，还是会忍不住眼眶发热，感叹"唱得真好"。

父亲和母亲性子都很烈，所以作为他们的孩子，我大概也继承了同样的性格，才会直到母亲晚年都经常与她争吵。然而，由于我和母亲都受不了一生起闷气就没完没了的父亲，所以我们俩吵架都只是暂时性的，吵一吵就过去了。而且我一直很敬重母亲，认为她是一位伟大的女性，所以每次吵架之后都会有些后悔，觉得自己做得太过了。不管我怎么反抗，母亲对孩子的爱也没有变化。虽然她一直对我说"你是最令人费心思的一个"，却在临终之际一直呼唤着我的名字"小理，小理"。在去世前一个月,母亲失去了食欲,体力迅速衰弱,完全不复曾经的刚烈,取而代之的是一脸开悟后的清明。我怀着对母亲的感谢之情,目不转睛地注视那张清明美丽的容颜,直到最后一刻。母亲兼子结束了一个女人精彩的苦斗人生,带着近乎神圣的崇高神情,陷入了静静的永眠。

(1984)

---

(1)长调(日文写作"長唄"),日本国乐的一种,起源于江户时代,是由三味线伴奏的乐曲,多作歌舞伎音乐,一曲约25分钟。
(2)指东京音乐学校,成立于1887年,位于上野公园附近,曾是唯一的公立音乐学校。1949年与东京美术学校统合为东京艺术大学。
(3)三浦环(1884—1946),声乐家。以出演《蝴蝶夫人》成名,是日本首位获得国际声誉的歌剧表演者。20世纪初曾旅居海外并赴欧美各地演出歌剧,1935年返日定居。
(4)汉卡·谢尔德鲁普·佩措尔德(Hanka Schjelderup Petzold,1862—1937),挪威钢琴家、声乐家,1909年赴日,在东京音乐学校教授钢琴和声乐。

柳宗悦的民艺运动与今后的发展

记得在我四五岁的时候，我家位于我孙子市的房屋已经被父亲宗悦收藏的工艺品塞得满满当当。那时伯纳德·利奇在我家庭院一角盖了个陶瓷窑，志贺直哉也住在附近，家里经常能看到白桦派的同人，也常有很多年轻人来聚会，总是很热闹。父亲喜爱钻研学问，一有时间就在书房闭门不出，沉迷于思考复杂的问题，对家里人则暴躁又严苛，经常斥责母亲，年幼的我也经常被打屁股。父亲的书房是一间小茅屋，可以眺望手贺沼的优美风景，柱子没有采用方木，全部使用圆木。里面除了大量的收藏品，还有很多藏书，一半是西文书，剩下一半是中文和日文的书籍。由于书柜里塞不下，只好在地上堆成山，连供客人通行的地方都没有。

民艺理论的确立之路

刚满二十岁时，柳宗悦已经是白桦派中最年轻的成员。最初，他与其他成员一起，热心于将西欧文化介绍到国内，如塞尚、梵·高、罗丹等人的作品。但原本就研究宗教哲学的他，对神秘的事物颇有兴趣，之后转而推介威廉·布莱克、比亚兹莱。在白桦派同人中，宗悦对美的感受力异常敏锐，据说他对《白桦》刊物装帧的要求也是最高的。

在快到三十岁时，宗悦接触到民艺之美，进而加深了对民族的传统文化，特别是日本的审美意识的认识。随着年龄增长,他对民艺的热情越发高涨,搜集了大量民艺品,并开始构思民艺理论的架构。

柳宗悦开始认真地搜集民艺品,应该是在1924年我们全家搬到了京都之后的事。一开始还没有"民艺"这个词,也没有人在乎什么民艺,无论是青花瓷碗,还是根来漆碗和李朝白瓷,都能以近乎免费的价格入手。在京都有弘法市集、檀王市集、天神市集的早市,宗悦经常和好友河井宽次郎跑去淘宝,只要能在臭烘烘的旧布堆里挑出喜欢的布料,两人便会大喜过望,带回家让我母亲清洗,令母亲不胜其烦。无论是在日常生活中使用的丹波布、藏青地碎白花纹布,还是色糊筒绘染布,这些优秀的民艺品都被柳宗悦锐利的眼光发掘出来。而他对民艺的想法也逐渐成形,最终发展为民艺论。今日民艺馆中的藏品几乎都是他在那一时期搜集的作品。

西欧现代艺术与民艺的交点

奇妙的是,就在柳宗悦打算投身于民艺前不久,以毕加索为中心的年轻艺术家们也接触到非洲的原始艺术并深受震撼,发展出了立体主义。不久之后,斯特拉文斯基等现代作曲家也对民族音乐产生兴趣并受到影响,开始在作曲中使用不协和音及复调音。这些当时的新一代艺术家之所以会对原始艺术和民族艺术产生兴趣,可以说是因为之前的西欧艺术已经变为过于形式化、流于表面的美,失去了活力。于是他们反其道而行,在民族艺术中发现本能式的强烈的美,并为之倾倒。与此同时,在柳宗悦的眼里,比起从前的日本艺术家和工匠创作的故作姿态又缺乏气魄的作品，那些从庶民生活中诞生的民艺品反而具有更纯粹的审美价值。把这些事联系在一起，我们能看出其中蕴含着同样的时代背景和审美感觉的变迁，十分有趣。

之后欧洲的前卫艺术家们又发展出达达主义和超现实主义，这些都是精神自动主义（Automatism）的表现手法，其理论依据是弗洛伊德和安德烈·布勒东[1]等人的精神分析理论。在人们发现了自动性的美之后，对于"美究竟是什么"，也就是美的原点的探索，逐渐转向对无意识的美、下意识的美的追寻。虽然形式不同，但柳宗悦无疑也从民艺中发现了无意识的美。当然，柳宗悦所说的无意识与欧洲前卫美术所说的无意识有很大的差别。柳宗悦是通过东方的伦理式的方法，从完全不同的角度去追求无意识的美。

艺术的社会性与宗悦的思想

那么，柳宗悦对于这股新兴的欧洲纯艺术趋势，究竟有什么看法呢？无论是受到非洲的原始艺术影响而诞生的立体主义，还是由达达主义与超现实主义的兴起产生的无意识的美的倾向，在他眼里，恐怕都只是艺术家对美的表面的戏耍而已。纯粹的美的原点，应该深植于人类的日常生活。这些艺术家在创作作品时完全无视这一原则，想必令柳宗悦感到不满。实际上，在那之前的艺术动向便一直与平民百姓的生活脱节，毫无社会性，想必他对于纯艺术的这种动向也抱有很大的担忧。换句话说，前卫美术也与至今为止的"为了美术的美术""为了艺术而艺术"没有太大不同。因此他对民艺之美抱有的信念,必定使他对现代艺术不感兴趣,或抱有不信任的态度。

最初主张艺术应具有社会性的人正是拉斯金和莫里斯。他们的观点比柳宗悦的民艺论早了大约四十年。当时正是亚当·斯密的资本论最为盛行的时期,他们担忧商业主义会导致商品的质量下降,劣质品泛滥成灾,于是对资本主义砸下了铁锤。首先,拉斯金和莫里斯认为制作物品的人与使用物品的人有必要形成紧密的社会共同体,并且主张只有在健全的社会才能制造出健全的物品,最终甚至还发展出一场社会改革运动。自然,他们的社会运动采取了与马克思的唯物社会主义形成鲜明对比的立场,莫里斯那句名言"艺术即劳动喜悦的表达(art is an expression of the joy of labor)"也因此而生。他们的立场终究只是精神上的社会主义,并把主体放在了手工艺上。而日本那时还是发展中国家,比欧洲晚了四十年才迎来机械时代,柳宗悦的民艺论也正诞生于那个时候。从中我们可以看出,时代的变迁必将促使新思想产生这一有趣的现象。换句话说,柳宗悦的民艺论可以说是对机械生产导致的商品品质低下的反抗。

柳宗悦当然对拉斯金和莫里斯的运动有所耳闻,然而宗悦的理论重点不在于社会改革。令他燃起热情的是对民艺之美的内在追求的探索。特别是他的思考方式立足于东方式的伦理观,所以直到完成他的名著《美的法门》为止,他在思考研究上进行了一番苦斗,最终得出了真正的美存在于"无有好丑"的一元世界里的思想。《美的法门》是他的思想的总结,同时也被评价为他的最高杰作,然而非常晦涩难懂,出现了各种不同的解读。有人认为"柳宗悦也终于在晚年逃避到了宗教的世界",然而这完全是误解。民艺的思想与经常被用来反思现代设计的无名设计的概念十分相似。也就是说,真正的美产生于对美完全没有意识的"无"的世界。

拉斯金和莫里斯的工艺运动很快便偃旗息鼓,令人感到意外。然而柳宗悦的民艺理论还顽强地存活至今,其原因大概是他的理念与现代设计的理念之间有许多共通之处。的确,在对好物品的诞生条件的具体分析上,他的理念与拉斯金和莫里斯的抽象思考相比有了飞跃性的进步,相信这是使其思想能存续到当代的重要因素之一。

巧的是,在柳宗悦的民艺思想逐渐成形的1920年前后,现代思想的鼻祖包豪斯学校也在德国魏玛成立。从表面上看,以机械文明为基础的包豪斯学校与以工艺为基调的民艺论呈现出完全不同的样貌,然而二者的思想却有十分类似之处。就这点来说,民艺论与从包豪斯发展出的现代设计思想无疑有千丝万缕的联系。

包豪斯的理念最重要的一点就是强调艺术的社会性,提出今后的艺术必须与生活相结合。虽然拉斯金和莫里斯的工艺运动只是昙花一现,但他们播下的种子等待一段时间之后得以在包豪斯萌芽。而民艺的精神也与包豪斯的理念相同,甚至对与庶民生活毫无关联的纯艺术抱有批判的态度。

现代设计与民艺论的共通点

现代设计从包豪斯运动中发展而来,而作为设计需要具备相应的要素，首先可以举出的一个要素便是"功能"，也就是用途。在民艺论中，柳宗悦不停强调的也是"用途"，就是"用即美"。而在工艺范畴中无视用途的设计，也就是所谓的后现代主义设计，已经超出了包豪斯的理念，不如说已经算不上是工艺了。

第二个要素是"材料"，也就是要依循各种固有材料的特质制造物品，使形体之美从材料内部渗透到外部。这也是民艺论不断强调的思想。

第三个重要的要素是正确地利用"技术"。民艺论也一直主张正确地运用技术是制造好的工艺品的根本条件。当然，对于技术的理念，民艺论和包豪斯在说法上有很大的不同。民艺论的技术主要指的是手工艺精神，与手艺人精神相通。而包豪斯的重点则是积极地利用科学技术。然而如果不加节制，现代科技可能会被极端利己主义者滥用，不仅将导致廉价制品泛滥，还会破坏自然环境，出现种种扭曲和矛盾。在不同的使用方式下，核能也许会使人类灭绝，这已经成了当今迫在眉睫的问题。对科学技术毫无节制的利用，会产生令人恐惧的后果，而民艺的手艺人精神可以视为一种反省式的警告。即使当今已经是机械生产的时代，我们也可以创造出与手艺人精神对应的"产品制作人精神"。

第四个设计必不可少的要素是"量产"。换句话说，不适合利用机械生产技术量产的形态，其本身总会有些不自然的地方。以手工艺为基础的民艺论虽然立场不同，但也主张进行量产，认为通过不断重复，实现手工制造的稳定的品质，健全的形态便会由此而生。民艺论也一直强调物品的创造是为了普通民众，就这一点来说，民艺论不推崇仅有一件的所谓艺术品。而为了能满足万人使用，必须降低成本。这就是设计需要具备的第五个要素。民艺论不是也一直在强调，为了供庶民使用，应该提供平价的产品吗？平价与去除赘余息息相关。省去赘余，必然会产生简洁健全的形态。当然，即使平价，也不能偷工减料。在设计中节省成本也是一样，如果只制造劣等品，那就没有任何意义。要制作出便利、可靠、耐久、舒适的物品，必须综合性地考虑成本。健全的民艺品就是同时满足这几项要素的物品。

虽然手工艺与机械工艺立场不同，但包豪斯的思想却与民艺思想十分相似，不知道柳宗悦是否了解这一点。在包豪斯运动开始的那段时期，柳宗悦正沉迷于对刚发现的民艺之美的内在奥妙的探索之中，也许根本无暇关注其他国家是否有类似的思想出现。当然，在当时的日本想找到好的机械制品几乎是不可能的事，所以他才会从民艺的立场批判这歪曲的机械文明，不断地进行忠告，并对此毫无疑念、全身心投入。

柳宗悦并不是一个对机械本身持完全否定论调的人。他很清楚机械时代的趋势已不可逆转，也经常说将来必须对机械制品进行改良。特别是战后他在美国认识了伊姆斯，对他的生活态度和鉴赏物品的眼光深表欣赏。那时他还把伊姆斯的椅子、舒隆波姆的咖啡壶等优质的机械制品买回来向我展示。

宗悦理想的存续之道

在成年之后，我开始反抗父亲，并涉足父亲嗤之以鼻的纯艺术领域,又迅速迷上了前卫艺术。从那时起,父亲就不再与我多言。然而不久之后,我又接触到了包豪斯、柯布西耶,开始转向设计的领域。此后,我感到自己开始逐渐接近父亲的思想,不再对父亲抱有反抗之心。然而最终我还是以机械为基础,与父亲画出了界线。战后,我在柯布西耶的助手贝里安手下学习了两年设计。贝里安经常来到民艺馆。布鲁诺·陶特[2]、格罗皮乌斯、伊姆斯夫妇和柯布西耶也曾光临,对馆内陈列的民艺品感叹不已。看到他们这些机械时代的王者对父亲搜集的民艺品的态度,我对父亲的尊敬之情也越来越强烈。然而父亲对我的工作依然不感兴趣,直到我设计出蝴蝶凳时,父亲才第一次对我的工作表示出兴趣。后来在我赴德担任工业设计讲师期间,父亲离开了人世。我还记得他在去世之前,第一次给我写了一封鼓励的信。

在宗悦去世后的一段时间,围在他身边的那群人似乎都认为我是反抗父亲的不孝子。然而当他们在各地看到我的作品,又听闻我在各地发表的想法之后,他们的看法也逐渐转变了。在宗悦去世十五年后,我居然继承了日本民艺馆,这真是出乎所有人的意料。宗悦恐怕做梦都没想到民艺馆的工作竟会由我这个儿子来继承。宗悦非常厌恶茶道和插花届世袭制的惯例,一直反对与自己有血缘关系的人继承民艺馆,更何况接棒的还是那个曾经的不孝子。

如果宗悦现在还在世,看到现实与他的理想渐行渐远,想必会感慨悲愤。也许随着年事渐高,他会遁入民艺研究深处,让民艺之美抚慰自己的心灵?不,他生来就是喜好抗争的性格,他不会逃避,而会勇敢地冲进这充满矛盾的现实中进行更激烈的抗争。然而宗悦既不是设计师，也不是制造者，只是通过民艺论来针砭时弊的批判者。为了唤醒世人对现实中腐败事物的注意，他把自己的搜集品留在了民艺馆。然而再这样下去，他留下的乌托邦式的理想也难免在机械时代的浊流中被轻易冲走，而民艺馆也可能沦为古旧资料的陈列馆。

过去和现在都是为了未来而存在。我们必须要把宗悦留下的民艺论以某种形式在未来加以利用，也必须从好不容易保留下来的民艺馆中获得感悟，传承到未来，创造出崭新的健全的物品。我的梦想是在民艺馆的旁边建造一座现代生活馆，展示现代机械制品中的优质产品，并明确呈现出现代生活馆与民艺馆之间的联系。在完成这项工作后，我想把民艺馆传给下一个人，专心投入我原本的设计工作，做出优秀的产品。如果宗悦看到曾经的那个不孝子居然在这么努力地完成自己的未竟事业，想必会露出苦笑吧。但实际上，我深信除了自己之外，没有人能真正实现宗悦的理想。父子之间的缘分真是不可思议。

（1983）

（1）安德烈·布勒东（André Breton, 1896—1966），法国作家及诗人，超现实主义的创始人。早年曾学习医学与精神病学。1924年他编写了《超现实主义宣言》，在其中将超现实主义定义为"纯粹的精神自动主义（pure psychic automatism）"，要运用这种自动主义，以口头或文字或其他任何方式去表达真正的思想。
（2）布鲁诺·陶特（Bruno Taut, 1880—1938），德国建筑师、城市规划师及作家。1933—1936年曾旅居日本，受雇于商工省工艺指导所。

贝里安小记

贝里安第一次来日本是在昭和十五年（1940年），已经是二十多年前的事了。贝里安给日本设计界带来的影响，恐怕是来访的外国人中最大的。她在日本生活了约一年，那时我担任她的助手。当她在战后重新回到东京举办展览时，我也曾去帮忙。所以作为最了解她的思想和行动的人之一，请允许我在这里写下几件关于她的事。

说到昭和十五年，那时"二战"在欧洲已经打响，日本也眼看着要被卷入其中，正是形势紧急的关头。急于筹措外币的日本经济界为了发展对外贸易，计划招聘外国的知名设计师开发外贸商品。那时刚从美术学校毕业的我正好在出口工艺联合会（政府的外围团体）工作，被当时的贸易振兴科长水谷良一询问有没有招聘的合适人选。那时刚毕业的我非常迷恋柯布西耶，觉得他是不二人选，便立刻去找刚从柯布西耶的研究所回国的坂仓准三先生询问意见。鉴于柯布西耶的地位实在太高，再加上全球局势很乱，他自然不可能来日本。对于提出如此莽撞建议的我，想必坂仓老师也感到非常为难，但不知是不是被我的热情打动，他向我推荐了柯布西耶的助手贝里安。贸易振兴科的水谷科长于前年逝世，他在我国工艺界以执拗出名，同时也是官员中罕见的纯粹且能干的人。在确定人选之后，事情便迅速敲定，记得我是在8月15日接到了从法国来日本的贝里安。贝里安女士之所以会做出从战火交加的欧洲独自来日本的选择，想必也抱有极大的觉悟。除了她从以前就十分强烈地想了解日本文化之外，对坂仓准三先生的信赖想必也是令她下定决心的重要原因。当她乘坐的船绕过好望角，进入印度洋时，巴黎已经沦陷了。

为了在日本从事设计，必须先了解日本，所以我们走访了日本全国各地。京都、奈良自不用说，东北、中部、山阴、山阳、北陆等地区都走了个遍。贝里安对日本人的生活，尤其是住宅和日常使用的器具十分好奇，搜集了非常庞大的资料。从西欧的角度观察日本文化，想必使她感到非常惊讶和感动。举例来说，我记得她每次旅行时都会携带量尺，从拉门、天花板、拉窗高度、土间、榻榻米，甚至到蚊帐的尺寸都要逐一测量。而且她还一直在脑海里比较欧洲和日本的物品规格的不同。日本的居家生活都是从"坐"这一功能要素出发，从视平线到神龛和挂轴的位置、插花摆设，以及从室内到外部庭院之间的空间的处理等，这些高度精练的日本的规格使她沉迷于研究之中。此外，她最爱的便是日本的浴缸。日本人把入浴看作娱乐享受，而西欧人仅把清洗身体当作目的。她清楚地认识到了这一根本性的差异。而在亲身体会到日本浴缸的好处之后，她在位于巴黎的房子里也安装了一个浴缸，又在第二次来日本时特地购买了传统铁制的五右卫门浴缸，放在她位于阿尔卑斯山的小屋里。我还记得她当时非常详细地调查了浴缸的构造，甚至还研究了烟道。

她无疑是走在现代设计最前端的杰出人士。在来到日本时，她曾为日本缺少优秀的新式建筑、百货店里的商品也都是模仿西洋货的劣质产品而叹息不已。而另一方面，她从各地区的传统工艺品中发现了源自生活的纯粹性，这令她感到非常欣喜。不过，她对各地区的土产店或陈列馆里的物品从来不会多看一眼。在我们巡回考察时，她会直接去接触当地人的生活，还会与工人们搞好关系，熟悉各种产品应有的状态和制造过程。即便如此，她也不会直接把民艺品原封不动地照搬。她经常说："对传统的真正的运用不是忠实地模仿，而是遵循传统的恒久不变的法则，去创造新事物。"关于"传统"与"创造"之间的关系，我从她身上学到了很多。下面都是她经常谈到的话。

"你们肯定经常把你们的祖先在过去创造的东西和你们自己创造的东西拿在手上进行对比，对不对？除了外形，你们应该还能从中学到使用这些物品的人们的精神、生活，以及他们的使用方法等。但你们在看欧洲人制作的物品时，完全不顾其内容，只学习外形，这是犯了根本性的错误。"

"为什么日本只从欧洲诸国学习那些完全失去了该国的纯粹和简洁等值得骄傲的优良传统的事物呢？"

"日本的商品究竟该走向何方？应该以怎样的原则进行探索？以何种形式进行表现？首先要拒绝低级的事物，不再盲目地模仿外国商品，摒弃对欧洲的错误想法。欧洲也存在着对日本的生活和艺术的误解。而这误解的根源很明显，就是那些以外贸品为名的低劣工艺品（以及基于同种观念输出的所谓文化宣传物）。"

"所谓设计，就是通过生活与物品的充分碰撞，不断地创造新的事物。"

在结束考察之旅后，她把考察成果运用到产品制作中，于1941年在高岛屋举办了一场有名的展览。那时战争迫在眉睫，物资缺乏到连一根钉子都没有。所以在她的指导下完成的设计产品大多是用天然材料制作的竹制品、木制品或陶器等。举例来说，我们在东北的雪灾试验所的山口先生的盛情协助下，了解了东北地区的各种蓑衣、草鞋技术，并成功地用来制作草席、地毯、椅垫等物品。另外，我们还利用竹子的弹力，设计了多款椅子和床。当然，在如今这个优秀材料层出不穷且能自由运用的时代，这些设计品早就已经消失不见，但我们从中学到了设计本身的态度和方法。

贝里安不是那种埋头在绘图板前做设计的人。她构思设计的地方是工厂、工坊，以及材料产地和处理材料的机器面前。每次设计之前，她都会与技术人员或工匠充分讨论材料及制作方法，并一边亲自体验产品一边构思设计。我从来没看到过她在设计过程中画图纸，更不用说她坚决反对的那些用于发表的构想示意图。她曾在某届图案展上批评那些东西非常无聊，因为那只是流于纸面的设计。她曾说过："也许那些图案很美，但与实际生活没有任何关系。那种与技术和材料脱节的构思没有任何意义。"设计在产品被生产出来时才算完成，在那之前都只是构思的过程。所以她只会为正确地留下记录而画下精确的图纸。关于这点，最近召开了许多工业设计竞赛，其中大多数都没有反映出设计原本的样态，这需要我们进行深刻的反省。她蔑视这种用于展示的无聊图案，同时又以行动对所有陈腐的工艺家宣战。在展览会场的一角，她设置了将好的设计与坏的设计进行对比的柜子，在展示坏的设计的柜子上用胶带贴了一个红叉。而在那个柜子中陈列的，是入选了当时十分主流的帝国美术展的设计师的作品。不难想象她的这一行为引起了多大的争议。被夹在中间的我们和高岛屋都十分为难，但她十分坚持。她那继承自师父柯布西耶的强大战斗力，异常惊人。在展览开幕之前，她三天三夜没有合眼。连我们这些年轻的助手都累得东倒西歪，工匠们更是完全搞不清状况，在接连熬夜后甚至吵着要罢工。即便如此，她也含泪咬牙坚持，最终连工匠们都看不下去，陪着她一起干到天亮。另一个能显示她的斗志之强的小故事，则是她曾给我讲的她进入柯布西耶工作室的过程。那时她刚从巴黎的装饰美术学校毕业，机缘巧合读到了柯布西耶的新书《今日的装饰艺术》，那本书在她混乱的心里投下了一束光，于是她立刻去拜访了柯布西耶。然而柯布西耶的工作室从来没招过女性员工，所以直接拒绝了她的请求。她执着地又去了几次，却每次都得到拒绝的回复。直到在她举办某场展览时，柯布西耶去看了她的展。她便又一次鼓起勇气对柯布西耶提出了请求。不知道柯布西耶是终于败给了她的执着，还是觉得建筑设计中也需要听取女性的意见，终于答应让她先试试看，当然是在没有工资的前提下。然而，在她进入工作室后，画出的图纸一直被否决，只能用橡皮一遍又一遍地擦去。失望的她曾经不止一次想辞去工作，然而直到最后也没有放弃。正是她这种努力的姿态，才使她成为柯布西耶重要的助手。

在"二战"后，贝里安又在高岛屋举办了一场展览，依旧是一场在当时十分奢侈的展览，不难想象连续两次担任高岛屋的负责人的川胜先生的辛劳。如今贝里安已经回归家庭，但最近也在着手法航的工作，在工作领域似乎越来越有活力。法国和日本的状况多有不同，她的主要工作是室内设计，而我的工作是工业设计，所以我们在想法上会有一定的差异，然而我对于她做设计的方法，特别是她对人性的看法，依然一如既往地尊敬。每次想到她，都会让我重新产生不能消沉，要奋力抗争的觉悟。

（1962）

柳工业设计研究会

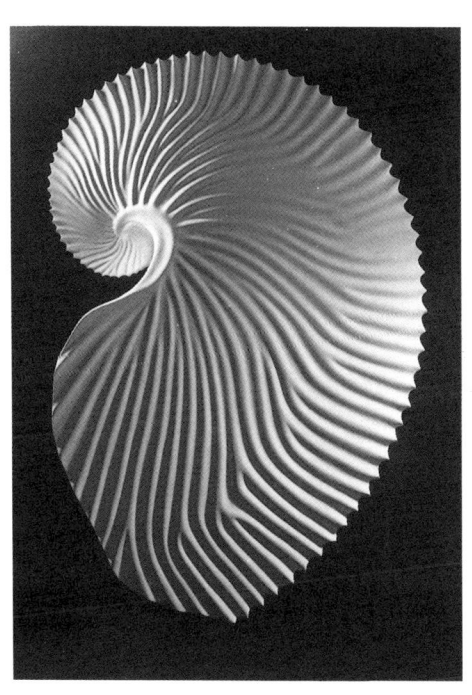

柳工业设计研究会

我开始从事工业设计工作,是从菲律宾战场回来不久的事。那时战争刚结束,连一根针都找不到,剩下的只有泥土,所以我便先从陶器入手进行设计。

在一切都化为灰烬的土地上,想找到愿意承接新式设计产品的工厂,几乎是不可能的事。以往的工厂都使用石炭而非石油做燃料,但由于战争,石炭都被征收,陶器工厂自然也难以为继。于是我便提出由我方提供石炭的条件,终于找到了愿意协助的工厂。起初我想办法弄到了从战争时沉入海底的军舰中打捞上的石炭并提供给工厂,终于使自己的设计得以实现,然而没过多久,就连这样的石炭也很难搞到,无奈之下只能用还没完全变成石炭的褐炭作为燃料。由于火力不够,陶器的表面会起泡,残损率很高。

我把其中品质较好的成品拿到三越,却被对方以没有图案,只能算是半成品为由拒绝。幸好在银座的小巷有位刚从法国回来的人开了一家咖啡厅,他看中了我的设计,答应在店里使用我的产品。自那以后,这种纯白的陶器逐渐在市场中普及。为了设计陶器,我曾经住在名古屋的陶器工厂研究学习,特别是学到了很多石膏铸模的知识,对之后在构思设计时用到的模型的制作很有帮助。

随后我又陆续设计出了闹钟、水龙头等产品,便找了两名助手,在狭小的自宅开设了设计事务所,然而经济上的确是入不敷出。工业设计这个词语应该是在战后不久才由小池新二$^{(1)}$第一次介绍到日本。一般人对它十分陌生,几乎毫无了解。之后随着雷蒙德·罗维的著作《从口红到火车头》$^{(2)}$被译成日语,大家才重新认识到原来工业设计对设计师和生产者如此重要。也是在那段时期,松下幸之助在赴美时痛切地感受到工业设计对今后的商品的必要性,在公司内部成立了设计部门。

当时个人事务所从经济角度来看是难以为继的。然而后来雷蒙德·罗维来到日本,为 Peace 烟草公司的烟盒外包装设计收取了 150 万日元的设计费。当时的 100 万日元少说也超过了今天的 500 万日元。这实在是一笔巨款,大家都十分震惊,而我们这些设计师只收取了不到罗维十分之一的设计费。不用说,那之后我们的设计费也有所上涨。

1952 年,每日新闻社举办了第一届新日本工业设计大赛。我参加了竞赛并获得了第一名,得到了 100 万日元的奖金。这让我觉得简直是天上掉馅饼,便将一部分奖金捐给了前一年刚成立的日本工业设计师协会,剩余的部分则用来当作设立财团法人柳工业设计研究会的基金。换句话说,我并没有独享奖金,而是为了当时的工业设计界的繁荣发展,把这笔钱捐了出去。

我的事务所由此转变为财团法人柳工业设计研究会。既是设计事务所,又是财团法人$^{(3)}$,这种组织十分罕见,之所以能获得文部省$^{(4)}$的许可,我想是因为我们在重视经济发展的同时,还十分重视文化层面,特别是以设计伦理化为宗旨的缘故。因此本研究会避开了商业主义的产品和瞬息万变容易过时的流行产品,只以设计优质的产品为重点,还承接了许多公共设施的设计工作,这也是本研究会的特色之一。此外,我们还协助政府或民间机构,成立优秀设计(good design)的组织,并举办了把德国、斯堪的纳维亚诸国、英国、法国、意大利等国的优秀设计介绍到我国的展览。

本研究会的作品已被纽约现代艺术博物馆、大都会艺术博物馆、法国卢浮宫、阿姆斯特丹市立博物馆等收为永久馆藏。

本研究会工作人员的数量虽然会有波动,但基本维持在五到十人。成员大多毕业于工业设计、建筑和工程技术领域的大学。我们的信条是重视在工坊的工作,做设计要以制作模型为主。这是一家像垃圾厂般的奇怪事务所,在狭小的研究室里堆满了工作器械和参考资料。然而毕竟我们也是财团法人,所以每年还要向负责管辖的文部省提交事业报告和会计报告。

(1990)

(1)小池新二(1901—1981),设计评论家,九州艺术工科大学初代校长,千叶大学名誉教授。曾任商工省工艺指导所所员,1936年与前川国男等人创立日本工作文化联盟,推进设计、建筑方面的政策制定。同时译介海外现代设计、建筑动向。
(2)指罗维的自传 Never Leave Well Enough Alone (1951),日文译本名为"口紅から機関車まで——インダストリアル・デザイナーの個人の記録"(从口红到火车头——工业设计的个人记录)。
(3)指以财产为基础设立的法人。
(4)现文部科学省。

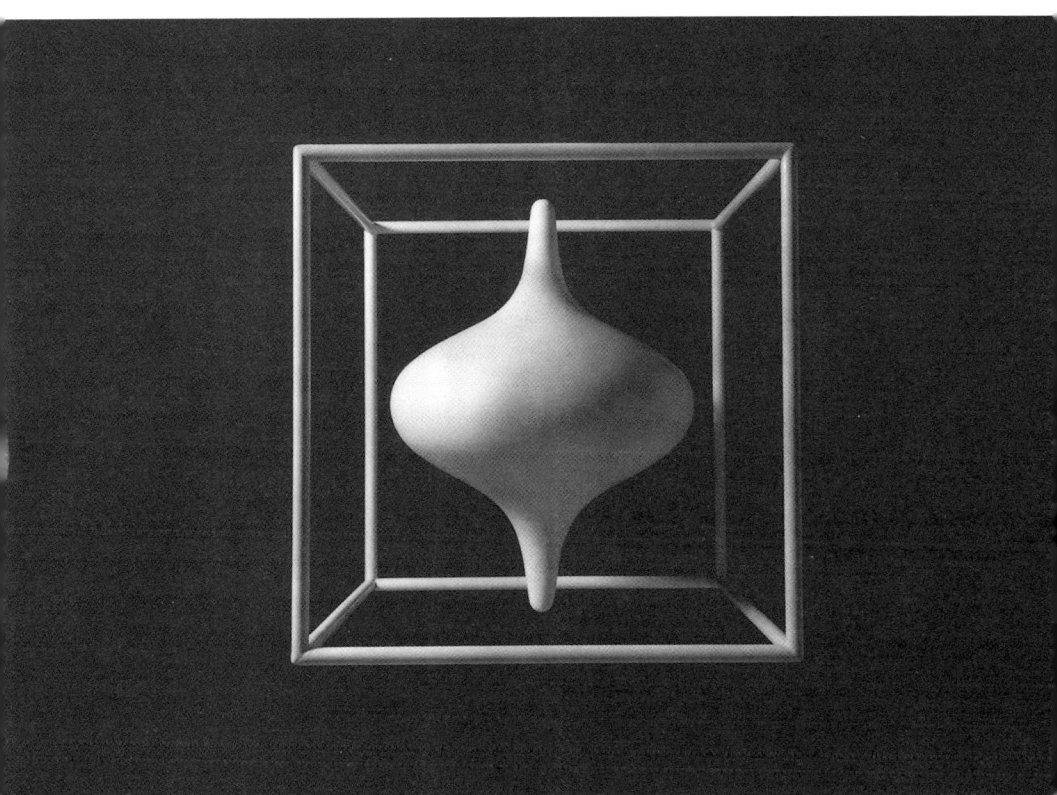

柳宗理　年谱

年代	年龄	大事记	作品
1915 大正 4 年	0	· 6 月诞生于东京原宿，为柳宗悦·兼子夫妇的长子。	
1935 昭和 10 年	20	· 就读东京美术学校（现：东京艺术大学）西洋画专业。	
1936 昭和 11 年	21	· 日本民艺馆（位于东京市目黑区驹场）开馆。	
1939 昭和 14 年	24		·《前卫艺术》美术特辑封面设计
1940 昭和 15 年	25	· 毕业于东京美术学校西洋画专业。 · 成为社团法人日本出口工艺联合会的特邀人员。	唱片封套《斯特拉文斯基·火鸟》
1941 昭和 16 年	26	· 陪同夏洛特·贝里安考察日本，协助举办展览 "选择·传统·创造"（东京·大阪，高岛屋）。	
1942 昭和 17 年	27	· 成为坂仓准三建筑研究所的研究员（至 1945 年）。 · 参与 "列奥纳多·达·芬奇展"（上野）的展场设计。	
1943 昭和 18 年	28	· 作为陆军报道部宣传班成员前往菲律宾（1945 年在当地因战败被俘）。	
1946 昭和 21 年	31	· 从菲律宾回国。开始研究工业设计。	
1948 昭和 23 年	33		· 松村硬质陶器系列（松村硬质陶器）
1950 昭和 25 年	35	· 设立柳工业设计研究所。	· 磁带录音机（东京通信工业）
1952 昭和 27 年	37	· 参与设立日本工业设计师协会（JIDA）。 · 以作品 "唱片机"（大奖）和 "真空管包装设计" 入围第一届新日本工业设计大赛（现：每日 ID 赏）。	水龙头、洗手液容器（西原卫生工业所） · 唱片机（日本哥伦比亚唱片公司） · 真空管包装（神户工业） · "青柳米粉糕" 包装纸（青柳总本家）

年代	年龄	大事记	作品
1953 昭和 28 年	38	·设立财团法人柳工业设计研究会。 ·就任女子美术大学讲师（至 1967 年）。 ·成为国际设计协会（现：日本设计委员会）会员。	·厚底圆筒 Y 型玻璃杯（山谷玻璃） ·速沸水壶（东京瓦斯） ·沙拉油罐标签（冈村制油）
1954 昭和 29 年	39		·折叠桌（山口木材工艺） ·叠摞凳"象凳"（小型，寿社）
1955 昭和 30 年	40	·就任金泽美术工艺大学工业美术学科教授。	·缝纫机（RICCAR 缝纫机） ·管装油画颜料、洗笔液容器（KUSAKABE） ·摩托车的研究模型
1956 昭和 31 年	41	·作为演讲者出席第六届阿斯彭国际设计大会（Aspen Design Summit）。 ·考察美国、欧洲的工业设计。 ·举办"第一届柳工业设计研究会展"（银座松屋）。	·蝴蝶凳（天童木工） ·白瓷器系列"白瓷土瓶""酱油瓶"（岐阜县陶瓷器试验场） ·电动三轮车（三井精机） ·燃气炉（东京瓦斯）
1957 昭和 32 年	42	·受邀参加第 11 届米兰三年展，获得工业设计金奖。 ·参加"优秀设计交流展"（北欧）。	
1958 昭和 33 年	43	·"蝴蝶凳"被纽约现代艺术博物馆选为永久馆藏。	·半瓷器系列（知山陶器） ·不锈钢水罐（上半商事） ·油画刀（KUSAKABE） ·黑土瓶（京都五条坂窑）
1959 昭和 34 年	44		·分色盘（牛之户窑） ·焦炭炉（千叶铸物） ·月刊《意匠》封面设计
1960 昭和 35 年	45	·担任世界设计会议（东京）执行委员。 ·举办"柳宗理·陶器设计展"（银座松屋）。 ·以"蝴蝶凳"等作品参加第 12 届米兰三年展。 ·被聘为国立卡塞尔造型艺术学校（Staatliche Werkkunstschule Kassel，德国）教授（1961 年回国）。	·双回转式低盘秤"珍珠"（寺冈精工所） ·小型厢式货车（富士汽车） ·不锈钢碗（上半商事） ·单手锅、双手锅（丘比制铝） ·砂锅（出西窑） ·form 杂志 12 月刊封面设计
1961 昭和 36 年	46	·参加"JAPAN FORM（日本之形）"展（德国卡塞尔）。	·吧台椅（寿社）

年代	年龄	大事记	作品
1963 昭和38年	48		・旋转式胶带台（共和橡胶） ・横盘秤"noble"（寺冈精工所）
1964 昭和39年	49	・受邀参加第三届卡塞尔文献展（德国）。	・电动缝纫机・半自动人字车（RICCAR缝纫机） ・盥洗台（东洋陶器） ・"SID餐厅"看板 ・木偶（鸣子高龟） ・《卢浮宫美术馆》装帧（讲谈社） ・火炬、圣火容器（东京奥运会）
1965 昭和40年	50	・参加第20届设计艺廊（Design Gallery）展"无名设计展"（银座松屋）。	・柳工业设计研究会山中小屋的内部装潢（轻井泽） ・聚丙烯叠摞凳（寿社） ・皇居新宫殿的洗手池（东洋陶器） ・龟车玩具（鸣子高龟）
1966 昭和41年	51	・作为日本代表出席国际设计会议（芬兰）。	・玻璃杯、茶杯与杯托（佐佐木玻璃） ・组装式出风口、出风口的产品目录封面设计（高砂热学） ・《东京国立博物馆》装帧（讲谈社）
1967 昭和42年	52		・尖角玻璃杯、水壶（山谷玻璃） ・箱根拼木的包装 ・曲木桌椅（秋田木工）
1968 昭和43年	53	・参加第52届设计艺廊展"柳宗理・天桥规划方案展"（银座松屋）。	・"工业废水处理装置""污水处理装置"的产品目录封面设计（西原卫生工业所） ・鸽笛玩具（鸣子高龟） ・供神酒壶（牛之户窑） ・可动玩具・犬与鸟
1969 昭和44年	54		・边椅、边桌（寿社） ・新型横盘秤（寺冈精工所）
1970 昭和45年	55		・Kopf开罐器（小坂刃物） ・产品陈列架（好利获得公司） ・野毛山公园的导览图、天桥（横滨市） ・茶桌与椅子（寿社）

年代	年龄	大事记	作品
1971 昭和46年	56		·胶带架（共和橡胶） ·《世界美术馆系列（全36卷+3卷）》装帧（讲谈社）
1972 昭和47年	57	·在国际笔会（京都）演讲"设计与日本传统"。 ·设立柳设计股份有限公司（现·柳商店）（东京滨松町）。	·餐桌、餐椅（天童木工） ·圣火台、圣火皿、火炬（札幌冬奥会） ·大阪葛叶新城的人行天桥 ·横滨市营地铁设施设计（横滨市）
1973 昭和48年	58	·担任"国际手工艺品展"（加拿大）评审。	·烟盒、不锈钢插花容器（青木金属） ·铝制铅笔架、杂物收纳盒
1974 昭和49年	59		·不锈钢餐具（佐藤商事） ·"纹次郎"凳与茶桌（天童木工）
1975 昭和50年	60	·在"20世纪"座谈会（京都）上演讲。 ·举办"柳宗理设计"展（银座松屋）。	·青花瓷碗、小茶壶、茶杯（白山陶器） ·曲木镜子（秋田木工） ·厕纸架"PON"（寺冈精工所） ·公交站亭（寿社） ·《柳兼子·演唱会75'》唱片封套
1976 昭和51年	61		·清酒酒杯（佐佐木玻璃） ·垃圾桶、吸烟处设施（青木金属）
1977 昭和52年	62	·就任日本民艺馆馆长。	·柳商店柜台桌和陈列柜
1978 昭和53年	63	·就任日本民艺协会会长、大阪日本民艺馆馆长。 ·获得罗马蒂贝里纳学院（Accademia Tiberina）院士称号。	·《民艺》封面设计（日本民艺协会，至2006年） ·日本民艺馆海报（日本民艺馆，至2004年） ·扶手椅（天童木工） ·黄铜吊灯（单头式、三头式） ·横滨新道半地下结构的高速公路与普通公路的交叉处的设施（日本道路公团） ·新交通系统 ·青铜控制阀的把手（北泽阀门）

年代	年龄	大事记	作品
1979 昭和 54 年	64		·红酒杯、堆叠式花瓶、啤酒杯（山谷玻璃） ·黄铜桌灯 ·和纸吊灯（单头式、三头式） ·铸铁控制阀的把手（北泽阀门）
1980 昭和 55 年	65	·举办"柳宗理"展（意大利米兰市立现代美术馆）。	·笔筒、杂物收纳盒（TAKECHI 工业橡胶） ·吊灯（以中国产竹笼制成） ·美术馆的管状结构穹顶项目 ·东名高速公路东京收费站隔音墙（日本道路公团） ·"FD-1""SYSTEM-1""WRITER-A"（山下系统）
1981 昭和 56 年	66	·荣获紫绶褒章。 ·成为芬兰设计协会名誉会员。 ·在 DESIGN 81（芬兰）发表主题演讲"传统与创造"。	
1982 昭和 57 年	67		·黑白方形餐具组（加正制陶） ·螺旋式瞭望台设施（町田市） ·黑柄餐具（佐藤商事）
1983 昭和 58 年	68	·被聘为孟买理工学院设计中心的教授（印度）。 ·举办"柳宗理展"（东京意大利文化会馆）。 ·出版《设计·柳宗理的作品与思想》（用美社）。	·鹦鹉螺形装饰（后用作前川设计研究所看板，日本冶金） ·《柳宗悦搜集·民艺大鉴》装帧（筑摩书房）
1984 昭和 59 年	69		·鸟笼（山川藤）
1985 昭和 60 年	70		·关越机动车道关越隧道入口（日本道路公团）
1986 昭和 61 年	71	·在世界工艺大会（加拿大）发表演讲。 ·"蝴蝶凳"被大都会艺术博物馆列为永久馆藏。	·日本民艺馆创立 50 周年纪念碑"不二之碑" ·《芹泽铚介纸样集》（民艺丛书第一卷，艺艸堂） ·"STD 总线板"产品目录封面设计（山下系统，至 1997 年）

年代	年龄	大事记	作品
1987 昭和62年	72	·荣获旭日小绶章。	·"日本民艺展"陈列设计（印度新德里） ·《缠》（民艺丛书第二卷，艺艸堂）
1988 昭和63年	73	·举办"柳宗理设计"展（有乐町西武创作者艺廊）。	·《花纹折纸·内山光弘的世界》（民艺丛书第三卷，艺艸堂） ·青花瓷酱油壶、酒杯（ceramic japan） ·前川设计研究所（MID）大楼向导图
1989 平成元年	74		·樱木町大冈川步行桥 ·参加"用马来西亚天然橡胶制作的产品的策划项目"
1990 平成2年	75		·运用曲木工艺，采用枹栎木复刻柳式椅子（餐椅、扶手椅，BC工房） ·骨瓷系列（用骨瓷复刻松村硬质陶器系列作品，NIKKO）
1991 平成3年	76		·东名高速公路足柄桥（日本道路公团） ·"日本民艺展""栋方志功展"陈列设计（伦敦、格拉斯哥等地）
1992 平成4年	77	·成为东武百货店的今日设计国际委员会（Design Today International Committee）成员。 ·担任冲绳县立艺术大学外聘讲师（1994年，客座教授）。 ·荣获国井喜太郎工业工艺奖。 ·举办"Design Today（今日设计）展"（东武百货店）。	
1993 平成5年	78		·"日本民艺展"陈列设计（意大利罗马日本文化会馆）
1994 平成6年	79	·在"Japanese Design（日本设计）"展展出"蝴蝶凳"等9件作品。	·不锈钢水壶（佐藤商事）
1995 平成7年	80		·蝴蝶凳（在海外由瑞士Wohnbedarf公司制造并销售） ·东京湾跨海公路木更津收费站（日本道路公团）

年代	年龄	大事记	作品
1997 平成 9 年	82	·担任金泽美术工艺大学特别客座教授。	·三角凳系列（BC 工房） ·厨房用具、不锈钢单手锅（佐藤商事） ·书桌（白崎木工） ·三种地藏 ·可伸展桌子（天童木工）
1998 平成 10 年	83	·举办"柳宗理设计·战后设计先驱"展（Sezon 美术馆）。	·贝壳椅、叠摞凳、餐桌（天童木工） ·BOX 架（大谷产业） ·编织品"条形码图案"
1999 平成 11 年	84	·举办"柳宗理·椅子藏品展"（SAKA 艺廊）。	·白瓷土瓶（复刻，上田陶石寿芳窑） ·不锈钢双手锅、意面锅、铁锅、沥水篮（佐藤商事） ·柳式安乐椅（BC 工房）
2000 平成 12 年	85	·举办"柳宗理·生活中的设计"展（生活起居设计艺廊）。	·叠摞凳"象凳"（由英国 Habitat 公司复刻，至 2002 年） ·奶锅、打泡机（佐藤商事） ·分色盘（由因州中井窑复刻）
2001 平成 13 年	86	·举办"柳宗理的眼与手"展（鸟取民艺美术馆）。	·柳宗理指导，因州中井窑系列
2002 平成 14 年	87	·获得"文化功劳者"称号。 ·举办"柳宗理展"（静冈文化艺术大学艺廊）。	·南部铁器系列、夹子、叉子类（佐藤商事） ·桌子（BC 工房）
2003 平成 15 年	88	·出版《柳宗理随笔》（平凡社）。	·耐热玻璃碗、四种厨房刀具（佐藤商事）
2004 平成 16 年	89		·叠摞凳"象凳"（由 Vitra 公司将材料从纤维增强复合材料改为聚丙烯进行复刻） ·黑土瓶（由出西窑复刻） ·柳宗理指导，出西窑系列
2006 平成 18 年	91		·边桌（由寿社复刻）
2007 平成 19 年	92	·举办"柳宗理展·生活中的设计"（东京国立近代美术馆）。 ·"出西窑与柳宗理·关于黑土瓶的制作"展（TOM 艺廊）。	·柳式椅子（用整块曲木制作把手，复刻）、餐桌（飞骅产业）

年代	年龄	大事记	作品
2008 平成 20 年	93	·获得英国皇家艺术协会（Royal Society of Arts，RSA）授予的"荣誉皇家工业设计师（HonRDI）"称号。 ·出版 *Yanagi Design*（柳设计，平凡社）。	·铸铁锅、木制碟子（佐藤商事）
2009 平成 21 年	94	·以"蝴蝶凳"等作品参加"民艺的精神·从手工艺到设计"展（法国巴黎凯布朗利博物馆）。	·"纹次郎"凳与茶桌（由飞骅产业复刻）
2011 平成 23 年	96	·12 月去世。 ·荣获叙位正四位·旭日重光章。	

作品企业名（括号内）为当时的名称
制作：柳工业设计研究会

初刊一览

标题	内容
无名设计	《无印之书》（1988 年 11 月，Libroport）。再次收录于《柳宗理设计》（1998 年 10 月，河出书房新社）、*Yanagi Design*（柳设计，2008 年 8 月，平凡社）。
所谓工业设计	《每日新闻》1953 年 7 月 21 日。
工业设计的造型训练	《工艺新闻》18 卷 9 号（1950 年 9 月，技术资料刊行会）。《特集·设计与企业》的其中一篇。
传统与设计	《每日新闻》1967 年 9 月 4 日。
对抗设计的同质化	《SD》74 号（1970 年 12 月，鹿岛出版会）。
打造守护美丽桥梁的风土环境	《朝日新闻》1976 年 9 月 2 日。初次刊登时的副标题为"国际竞赛也不失为一种方法"。再次收录于《柳宗理设计》。
机械时代与装饰	《SD》151 号（1977 年 4 月）。
对设计的思考	《设计·柳宗理的作品与思考》（1983 年 6 月，用美社）。再次收录于 *Yanagi Design*。
设计师备忘录	《工艺新闻》17 卷 1 号（1949 年 1 月，技术资料刊行会）。刊载于专栏"我设计的商品"。初次刊登时的副标题为"设计硬质陶器时"。
拼木的包装	《设计》87 号（1966 年 8 月，美术出版社）。初次刊登时的标题为"柳工业设计研究会近作——其一 拼木的包装"。
胶带台	《设计》87 号（1966 年 8 月，美术出版社）。初次刊登时的标题为"柳工业设计研究会近作——其二 胶带台"。
塑胶与产品设计	《工艺新闻》34 卷 4 号（1967 年 8 月，丸善）。作为《塑胶制品特集》中的一篇刊载。
关于现代餐具的设计	《现代之眼》327 号（1982 年 2 月号，东京国立近代美术馆）。初次刊登时的标题为"写在工艺馆下次的展览'现代餐具——倾注'之前：关于现代餐具（陶瓷器）的设计"。再次收录于《美术家们的证言·东京国立近代美术馆新闻〈现代之眼〉选集》（2012 年 10 月，美术出版社）。
蝴蝶凳	《新建筑》75 卷 2 号（2000 年 2 月，新建筑社）。初次刊登时的标题为"设计诞生的瞬间——其二 蝴蝶凳"。出自编辑部访谈。
横滨地铁中的设施设计	《室内装饰》167 号（1973 年 2 月，interior 出版）。
天桥与城市之美	《中日新闻》1968 年 9 月 24 日、《西日本新闻》同年 9 月 25 日、《北海道新闻》同年 10 月 3 日。初次刊登时，有的标题是"城市之美与天桥"。
高速公路的设计	《高速公路与汽车》27 卷 10 号（1984 年 10 月，高速公路调查会）。
新工艺	《民艺》380—408 号（1984 年 8 月—1986 年 12 月，日本民艺协会）。再次收录于 *Casa BRUTUS* 11 号 "SORI YANAGI A DESIGNER"。
有生命的工艺	《民艺》409—428 号（1987 年 1 月—1988 年 8 月，日本民艺协会）。再次收录于 *Casa BRUTUS* 11 号 "SORI YANAGI A DESIGNER"。

标题	内容
缠——纯粹而强烈的形状	《民艺》313号（1979年1月）。封面·画报解说。其中前半部分再次收录于《缠》（民艺丛书第二卷，1987年5月，艺艸堂）。
谦逊、简朴又纯洁的形态——注连绳	《银花》52号（1982年12月，文化出版局）。作为《民艺》530号（1997年2月号）的封面·画报解说重新收录。
花纹折纸	《民艺》349号（1982年1月）。封面·画报解说。再次收录于《银花》55号（1983年8月），并把标题改为"内山光弘先生与花纹折纸"。之后经过修改，又收录在《花纹折纸——内山光弘的世界》（民艺丛书第三卷，1988年7月，艺艸堂）。
对糕点模具之美的思考	《民艺》322号（1979年10月）。封面·画报解说。
对泼釉的思考	《民艺》323号（1979年11月）。封面·画报解说。
拜见怀山面具	《民艺》472号（1992年4月）。封面·画报解说。
红瓦上的风狮爷	《民艺》350号（1982年2月）。封面·画报解说。
拉达克的工艺文化	《民艺》358号（1982年10月）。封面·画报解说。
尼泊尔之眼	《民艺》317号（1979年5月）。封面·画报解说。
不丹的建筑与庆典	*approach* 75号（1981年9月，竹中工务店）。作为《特辑·桃源乡不丹》中的一篇刊载。
意大利南部的特鲁洛民居	《民艺》332号（1980年8月）。封面·画报解说。
宗悦的收藏	《柳宗悦全集》著作篇·第22卷（下）月报（1992年5月，筑摩书房）。《民艺》473号（1992年5月，作为《〈柳宗悦全集〉著作篇也迎来完结》中的一篇再次收录。
河井宽次郎的"手"	《民艺》336号（1980年12月）。封面·画报解说。
滨田庄司的工作	《民艺》303号（1978年3月）。作为《特辑·追悼滨田庄司老师》的一篇刊载。
大幕尚未落下	《民艺》320号（1979年8月）。作为《特辑·追悼伯纳德·利奇先生（上）》的一篇刊载。
精彩的苦斗生涯	《月刊角川》2卷9号（1984年9月，角川书店）。作为《非虚构特集·各自的秋天》中的一篇刊载。初次刊登时的标题为"母亲·柳兼子小记"。再次收录于《民艺》380号（1984年8月）中，作为《追忆柳兼子老师》中的一篇，修改并将标题改为"精彩的苦斗生涯"。
柳宗悦的民艺运动与今后的发展	《银花》54号（1983年6月）。刊载于《特辑·柳宗悦——心眼之美》中。
贝里安小记	《设计》35号（1962年8月）。作为《日本近代设计运动史》中的一篇刊载。再次收录于《日本近代设计运动史》（1987年12月，工艺财团）。
柳工业设计研究会	《日本近代设计运动史：1940年代—1980年代》（1990年5月，pelican出版社）。

刊载插图一览

页码	插图名称
1	龟车（1965年）、鸽笛（1968年）
5	"无名设计展"的陈列（1965年，银松屋座）
10	小型厢式货车的研究模型（1960年）
14	黑土瓶（1958年）
25	东名高速公路足柄桥（1991年）
47	椅子的研究模型（1954年）
56	陶瓷器的研究模型（1956年）
59	箱根拼木的包装（1967年）
62	胶带台（1963年）
65	叠摞凳（1965年）
69	白瓷酱油瓶（1956年）
75	蝴蝶凳（1956年）
78	横滨市营地铁设施设计（1972年）。上：站台的靠背栏杆，下：站台的饮水机和汲水处
83	天桥规划方案展（1968年）。上：树叶形，下：环状
90	东名高速公路东京收费站的隔音墙（1980年）
95	《民艺》309号封面设计（1978年9月，由柳宗理设计的首刊）
147	柳宗理与叠摞凳的研究模型
148	"柳宗理"展的陈列布置（1980年，米兰市立现代美术馆）
149	在"柳宗理"展的会场（1980年，米兰市立现代美术馆）
150	柳宗理收藏、拍摄的摆件
151	柳工业设计研究会室内装饰
152	在非洲采访（1985年）。上：在马里的古都内杰的市场与少女们的合影，下：在多贡人的服丧仪式"锡圭"登场的假面结社（在名为"阶梯之家"的高处佩戴面具跳舞的舞者们）
153	不丹女性的正式服装（1981年）
154	在柳工业设计研究会。用拉坯机制作石膏模型（20世纪70年代）
155	木偶（1964年）
158	缠。上：芥子与桝 [音同"灭火（消します）"]，下：重叠的钉起子造型
165	虾式注连饰（诹访音松制作，日本民艺馆收藏）
169	花纹折纸（内山光弘制作，日本民艺馆收藏）
173	糕点模具"海螺"（日本民艺馆收藏）
178	信乐铁釉白绿泼釉大壶（日本民艺馆收藏）
182	横山（静冈县天龙市〈现滨松市天龙区〉）的面具（老翁）
187	冲绳风狮爷
192	正在纺线的头戴拉达克帽的拉达克（印度）女性
196	斯瓦扬布山丘（尼泊尔）上的佛塔
200	不丹的民宅

页码	插图名称
204	阿尔贝罗贝洛（意大利）的特鲁洛民居
209	日本民艺馆创立50周年纪念碑（1986年）
218	像（河井宽次郎创作，河井宽次郎纪念馆收藏）
222	色釉格子茶壶（滨田庄司创作，日本民艺馆收藏）
227	马吃草（伯纳德·利奇创作，日本民艺馆收藏）
231	后方左起顺时针方向：柳兼子、柳宗悦、柳宗玄、柳宗理（20世纪20年代）
253	鹦鹉螺形装饰（1983年）
257	柳工业设计研究所的标志（1950年）

*"新工艺·有生命的工艺"一章的插图名称刊登于内文之中，在此省略。

凡例

本书是柳宗理著作选集的译本。
收录著作由作者和柳工业设计研究会、平凡社编辑部进行挑选、组合。
收录著作依照主题分为六章。
内容原则上以初刊版本与单行本为蓝本，若在再次收录时有所修改，则采用修改后的版本。
修正部分与现在的惯用表现不符的用语、固有名词，并在此基础上对用语进行了统一。然而由于发表时期、媒体较为繁杂，有些地方仍沿用初刊时的原文。
原则上对作者引用的文章、话语中的用语、固有名词都沿用原文。
在翻译时，有些地方沿用了原文中日语固有的表现和固有名词。
对一部分初刊时的标题、副标题进行了修改，也对部分插图进行了省略、变更。
修正初刊时明显的错误，同时配合部分插图的省略、变更，对正文也有部分省略、修改。
本书参照平凡社于2003年6月发行的单行本，并对内容和大事年谱进行了修正。

编辑信息

艺术总监	柳宗理
	一般财团法人柳工业设计研究会
照片拍摄	柳宗理
	古屋英之助
	杉野孝典
	关丰
	田中俊司
照片提供	一般财团法人柳工业设计研究会
	公益财团法人日本民艺馆
	日本民艺协会
	河井宽次郎纪念馆
日语原版编辑	平凡社股份有限公司
日语版协作编辑	一般财团法人柳工业设计研究会
封面照片中的玻璃作品	佐藤万里子
封面照片拍摄	柳宗理
简体字版艺术总监	一般财团法人柳工业设计研究会
	（主编：柳新一，副主编：藤田光一）